JN022090

異世界転生したら、なんか詰んでた

～精霊に愛されて幸せをつかみます！～

★登場人物紹介★

CHARACTERS

ミル

気がついたら異世界に転生していた少女。転生先が超ブラックだったため、幼くして家を出る。精霊に滅茶苦茶愛されている。

レオン
イージュレンの冒険者
ギルドのギルマス。
ムカイ
イージュレンの冒険者
ギルドの職員。
???
ジョセフ
ミルの父親。
ローブの男
謎の男。

第一章　生まれ変わったら異世界だった

気がついたら、異国の女の子に生まれ変わっていた。古い鏡に映し出されたその姿は、銀髪で、大きな瞳は濃い紫色をしている。髪は短くクルクルとした天然パーマで、男の子の服を着ていた。

この地域では貧しい家庭が多く、女の子も男の子の服を着るのが一般的だ。近所のお古が出回り、小さい女の子用の服は売られていない。

自我が目覚めたのは、三歳くらいのときだ。父・ジョセフから「もう三歳になるんだから、自分のことは自分でできるようになりなさい」と言われ、「まだ三歳だよ」とツッコミを心の中で入れたのだ。そこで、今は三歳なのだと認識した。そう言われたのが秋頃だったと思う。それから秋が五回ほど過ぎている。今は八歳だ。自我が目覚めてからしばらくして生まれ変わっていると明確に認識したのだ。なにがきっかけだったのだろう。ああ、そうだ。父から「お母さんは死んだ」と聞かされたことだ。

またいないの――そう思った。

また？　なぜまたと思ったのか、それから徐々に思い出していった。前世の記憶があるようだ。記憶があるどころか、前世の人格そのままだ。そして、違和感だらけの世界。前世でよく読んでいたライトノベル――ラノベの世界のようだ。そう、異世界だ。なぜ異世界だと思うのか。街並みや行き交う人々の服装、髪の色――どれを見ても地球じゃない。

キッチンに行っても、ガスコンロでもなければＩＨでもない。昔ながらの古びた竈《かまど》がある。もちろん電子レンジや冷蔵庫もない。科学が発展していない世界のようだが、なぜかトイレは水洗だった。それだけは助かった。もうあとはどうでもいい。湯に浸かりたいとか米が食いたいとか贅沢《ぜいたく》言いません。眠れる家ときれいなトイレがあれば十分です。はい。

トイレはタンクのようなものが各家の地下に設置されていて、そこに排泄物《はいせつぶつ》が溜まっていく仕組みになっていた。タンク自体が魔術具らしく、溜まった排泄物《はいせつぶつ》は自然と消えていく。その仕組みを動かすエネルギーは魔石だ。魔石は、この世界では生活必需品だ。魔獣という魔力を帯びている獣から取れる石で、魔力を含んでいる。使うと、その魔力はなくなっていくらしい。その都度、魔力を補給しなければならないが、その方法は各家庭による。自分自身で魔力を込めるものもいれば、魔石を買い直すものもいる。魔石は魔石屋さんで売っているらしい。空になった魔石は魔力を補給することで復活する。トイレ事情が明るいと人生も明るい、ような気がする。


「お父さん、おはよう」

「ミル、今日は少し早く出る。支度をしなさい」

「はい」

ミルの家は花屋をしている。いつも朝に市場に行き、生花を仕入れる。ミルは今、八歳だが、いつの頃からか父親と一緒に市場に行っていた。ミルの家族は父子だけで、父・ジョセフは髪も瞳も緑だ。ジョセフはなかなかのイケオジだが、不愛想でいつもピリピリしている。そんな父親にミルは苦手意識があった。

――前世持ちじゃなく普通の子供だったら、父に甘えたりして、父もデレデレになっていたのかな？　自分が普通ではないことを父に申し訳ないと思うが、やはり子供らしくふるまうのは苦手だ。

そう、ミルは見た目は子供、中身は大人というどこかで聞いたことのあるフレーズがぴったりとハマる状態ではあるが、頭脳明晰《めいせき》ではない。ただ前世の記憶があるだけの一般人である。頭がよかったということもなければ、なにか秀でた才能があったわけでも、すごくなにかに未練があったわけでもない。ただ死ぬ間際はおばさんだった。

ミルが生まれた国は、ルクセルボルン王国という。歴史ある王国で、現王は第八十六代マクシミリアン・ルクセルボルンという。王暦十五年と若い国王だ。そしてミルが住んでいるところは王都近隣の街で、ユロランという。すこぶる田舎というほどではないが、小ぢんまりとした下町といった感じで、花屋も小さなお店だ。売上も父と子でやっと食べていけるぐらいしかない。ただ、人の出入りはあるため、花のような生活必需品ではないものでも商売ができている。

「ミル、おはよう。今日も市か？」

声をかけてきたのはお向かいの雑貨屋の三男、ルーイだ。

「おはよう、ルーイ。市だよ。ルーイはこんな朝早く、どうしたの？」

ルーイはきれいな金髪で青い瞳をしている。将来はきっと爽やかイケメンになるだろう。

「オレも今日は父さんと市に行くんだ。うちは雑貨屋だからミルの家みたいに毎日じゃないけどな」

「いいなぁ。毎日こんな朝早いのは眠いよ」

ルーイと話をしていたら、父のジョセフが借りてきた馬車で近づいてきた。

「ミル、そろそろ出発するから」

「はい。ルーイまたね」

「ああ、またな。しかしミルのオヤジはいつ見ても迫力があってこえーな」

最後の方の言葉はジョセフに聞こえないように小声だ。

ジョセフは大柄なうえ、不愛想だ。しかし、顔が整っているため、母が亡くなったあとは縁談が絶えなかった。それをジョセフはすべて断っている。周囲は未だに亡くなった妻を愛しているのだとほっこりしていたが、その分、家事負担などのしわ寄せはミルにくるのだ。ミルとしてはさっさと再婚してほしい。

市場に向かうため借馬車に揺られながら物思いにふける。前世の自分がどうやって生きていたか、昨日のことのように思い出せる。歳を取ると昔のことの方が鮮明に思い出されるという、あれと似ている。しかし、名前や歳などは覚えていなかった。だが、まあまあおばさんだったと言われる年齢まで生きていたことは覚えている。前世の母は幼い頃に他界、父は長生きしたようだが、父の葬式をした記憶もある。

ミルの前世は、あまり楽しいと言える人生ではなかったようだ。母を亡くして以降は内向的になり、いじめにあうようになった。容姿も勉学も秀でたものはなく、高校を卒業してからは普通の会社員として仕事をしていた。

そして生涯独身だった。その理由のひとつは、母が死んでから父が暴力を振るうようになったことだろう。言うことを聞かない、反抗するといった成長期の特徴が現れた頃から必要以上に殴られるようになったため、人と関わるのが怖くなった。家でも学校でも居場所を見いだせないまま大人になった。そんな人間でも恋はする。しかし家でも社会でもうまくいかない人間が、恋をうまくこなせるはずはなく、あえなく失恋。そして年を重ね、中年女性と言われる年齢になってしまったのだ。年を取ってからの結婚には消極的だった。今更結婚をしても家事や相手の親の介護をさせられるだけだろうと勝手に考え、お見合いも断っていた。

結局、安い中古マンションを購入し、猫一匹と暮らして、お金はなくとも独身貴族を謳歌《おうか》していたようだ。物事に対してあまりこだわらない性格もあって一人でもなんとなく生きていけていた。

ただ、やはり一人で生きていくのはつまらなかった。たくさんの友人と家族に囲まれた生活を望んでいたが、うまくいかなかった。そんな人生だった。どうやっていつ死んだのか……。その辺の記憶は定かではない。

置いてけぼりにしてしまった猫がその後どうなったのか、とても気になる。一応、数少ない友人に、もしものときのお願いはしていた。可愛がってもらえていると信じたい。

――まっ、考えても仕方がない。なんで前世の記憶持ちなのかはわからないが生を受けてしまった。生きるしかないのだ。

こんな性格なので前世も生きていけたのだろう。しかし、またもや母なし子だ。手を繋いで歩いている母子を見るたびに目で追ってしまう。前世でもうらやましかったが今世でもうらやましいと思うことになってしまった。

――せめてお母さんがいてくれたらな……

はあとミルはため息をつく。

「ミル、どうした。ぼんやりしている暇はないぞ。手伝ってくれ」

いつの間にか市場についていた。

「あ、ごめんなさい」

「ボケッとするな。これからはおまえにもオレの仕事を覚えてもらう。一人で市に行けるようになるんだ。わかったな」

「……はい」

ミルの仕事は年を重ねるたびに増えていった。花屋の手伝いの他に家事全般もミルの仕事だ。

ミルは市場から戻ると、食事の用意を始める。現代日本とは違い、ガスも電気もない世界だ。もちろん蛇口を捻れば水が出るような設備もない。水がほしければ井戸まで汲みに行き、洗濯は近くの洗濯場に行き桶に入れて手洗いだ。冬なんて地獄だ。

食事の用意は竈《かまど》に火を起こすことから始まる。昼食が終われば夕食の準備、その合間に洗濯、食料の買い出し、と小さな身体で動き回る。全然休む時間がない。

――このうえ仕入れまでさせられるのか、まだ八歳なんだけど。この人、私の年齢を忘れてんじゃないかな……

ミルは、はあとため息をつく。前世でも父親から虐待を受け、生まれ変わっても厳しい状況が続くことにミルは絶望した。そんなに罪深いことを前世でした記憶はない。それなのに、なぜこんなにつらいことが続くのか。

しかもこのジョセフは、ご飯を作ってもまずいだの、洗濯しても汚れが落ちていないだのと細かいことにうるさい性格だった。前世もひどい父親だったが、今世の父親も本当にひどい。

――私が普通でないからなのだろうか？　好きで記憶持ちなわけじゃないんだけど、今の父親は私が普通じゃないことを気味悪がってこんな仕打ちをするのだろうか。

『ため息なんてどうしたの？』

と、可愛い声がする。声の方へ顔を向けると、無数の蛍《ほたる》のような小さな光が見える。色彩はバラバラだ。

「いや、私って親運がないなって思って」

ミルは当たり前のように返事をした。説明が面倒なので、親のことで悩んでいる風を装《よそお》う。

『今更？』

無数の小さな光たちは『いまさら、いまさら』とクスクス笑いながら、キラキラとミルの周りを飛び回る。とてもきれいでとても可愛い光景だ。

この小さな光たちは精霊らしい。本人たちがそう言っているので間違いない。ミルは物心がついたころからこれらの無数の小さな光が見えていた。最初は蛍《ほたる》のような小さい虫が目の前を飛び回っているのかと思い、手で払いのけて無視をしていた。そんなある日、小さな光が突然人型に見えるようになったのだ。なんじゃこりゃあ、と人型の光を見ていたら話しかけられた。あれはミルが五歳くらいの頃だった。

『私たちのことわかるの？』

「わかるっていうか……話ができるの？」

ミルの目が大きく開く。小さな声だったが確実に聞こえた。

『話、できるぅ』

『できる～ぅ』

小さな光たちはうれしいのか点滅しながらクルクル回っている。色々な色彩が混ざり合い、とてもきれいだった。

「蛍《ほたる》かと思っていたのは、あなたたちだったのね？」

『ほたるぅ？』

『なーにそれ？』

『なーに？』

どうやらこの世界に蛍《ほたる》はいないようで、小さな光たちは身体全体を傾げている。その様子はとても可愛らしかった。

「いいの、忘れて。じゃあ、あなたたちはいったいなに？」

小さな光たちはお互いの顔を見合わせて困惑している。

『知らない？』

『私たちのこと知らない？』

ちょっとショックを受けているようだ。

「あっごめん。有名な子たちなのね。私、この世界のことあまり知らないから。ごめんね。お母さんはいなかったし、お父さんともあまり話さないから知らないことが多いかも」

ミルはおばさん口調に戻って接してしまった。

『そっかぁ』

『それは仕方ないね！』

『ないね』

小さな光たちはそれぞれ頷き合い、また点灯し始めた。どうやら納得してくれたようだ。そして、その中で一際強い光を放っている一体がずいと前に出てきた。

『あのね、私たちは精霊なのよ。なんでもできちゃうの。ポポポイと。この国の人たちはみんな知っていると思ってた。あなたは知らないのね』

なんだかちょっと得意げなのはなぜだろう。

——でもやっぱり精霊なんだ。知らないわけじゃないけど、それは前世の知識だし。でもこれぞ異世界って感じだな。こんな特典でもないと、なんのために異世界に生まれ変わったのかわからないよ。魔法とか使えたりするのかな？　ポポポイと？　火とか水とか使えたら家事が楽になるかな。これぞ異世界チートね!!

　このとき、初めてここが異世界なのだと痛感した。

『また怒られたの？』

　昔のことを思い出しながら小さな光をぼんやりと眺めていたら、一体の赤い精霊から声をかけられた。そうだ、竈《かまど》に火を起こすところだったと思い出す。

　ミルは市場から戻ると食事を作る。朝は食べないで市場に行くためお昼は早めに、そして少し多めに作る。まずは竈《かまど》に火を起こすところからだ。今までジョセフは火だけは起こしてくれていた。しかしそれも八歳になってからはミルの仕事になった。これがなかなか難しい。ライターなんてなし、マッチもない。火打石をひたすら打ち込むしかないのだ。

　――こんなのやったことない。どうしたらいいんだよ。

　まだ小さく力もないミルにとって毎日のこの作業は苦行であった。できないのでジョセフに火をつけてとお願いをしたら怒鳴られた。結局自分でするしかなく手を傷だらけにしながら火を起こす毎日だ。

「うん、そうなの。私、火のつけ方が下手で、いつもお父さんに怒られるの」

　はあとため息をつき、しゅんとする。

『そうなの？　私がつけてあげようか？』

赤い精霊が、ポンッと火をつけてくれた。

「えっ！　すごい。ありがとう。またつかなかったらお願いしていい？」

ミルはすぐさま次の確約を取り付ける。

『もちろんよぉ！』

たくさんいる精霊たちはミルの周りを飛び回り、役に立ったと喜んでいる。

——ありがたい。この作業ほどいやなものはなかった。精霊様ありがとう。

ミルはそっと手を合わせる。

それからというもの、頑張ってもできないことは精霊にお願いをするようになった。一応、最初に努力はしてみる。しばらくするとコツを掴んだのか火を起こすことはできるようになったが、それ以外にも子供ではできないことが多いのだ。

精霊がいてくれて本当に助かったと思う。仕事を手伝わされているので友達もいない、この世界のことを色々聞きたいが、父・ジョセフとは怖くて話せない。この国の名前、情勢なども精霊たちに聞いたのだ。精霊たちに名前を付けたいと思ったが、たくさんいるのでそれはやめた。申し訳ないが見分けがつかない。それでもこの精霊たちは一緒にいてくれる。わからないことがあれば教えてくれる。お願いをすれば喜んで手伝ってくれる。

しかし、ミルが精霊にお願いをし、なんでもできるようになると、ジョセフは調子に乗り、あれやこれやと押しつけてくるだろう。近所の人からは、神童と呼ばれるかもしれない。そんなことになったら面倒なので、しばらくなにもできないフリをしようと決めていた。それは前世からの知恵である。

精霊たちはミルがなんでも目を輝かせて聞くせいか、こぞってたくさんの話を聞かせてくれた。

そして、自分たち精霊のことも。

精霊が言うには、精霊には八種類の光があるらしい。そして、色別に性質も違うらしい。

赤・青・橙《だいだい》・緑・黄・白・黒・紫。

それぞれ火・水・土・緑・風・癒《いやし》・闇・時が主な属性となるらしい。

ミルはその豊富な属性に驚いた。

精霊が見えるようになってから、さりげなく周囲の人にも聞いてみたが、近所のおばさんは精霊は四種類いると言っていた。そして、十歳くらいになると教会に出向き、精霊と契約する。精霊に聞いたところ実際は契約に年齢は関係なく、個人の成長具合によるらしい。体内の魔力が成長と同様に落ち着き始めるのが十歳くらいだそうで、あまり早い段階で契約すると自身の魔力が伸びきっていないので、弱い精霊が付くことになる。そのため大体十歳くらいがいいとされているようだ。

多くは自分の髪の色や瞳の色と同じ色の精霊が付くとされるが、そこは精霊次第なので絶対ではない。精霊付になると仕事も優遇されることがあるため、子供が十歳くらいになると親たちはこぞって教会に向かわせるのだそうだ。

ほとんどの人たちは一体の精霊と契約するが、中には二、三体もの精霊と契約を交わす強者もいる。そして、たまに精霊が付かない人もいる——そんな話を聞いたのだ。

精霊にとっても良い魔力持ちは争奪戦になるという。よってきちんと成長を待って契約するのがお互いにとっていいのだろう。だからといって契約を先伸ばしにしてもっと成長してからとなると、精霊たちから年増扱いされるらしい。ミルはちょっと、ぷぷっとなる。

――精霊も若い方がいいのか。

精霊の話を聞いてから周囲の大人たちをよく見ると、小さな光が顔の近くで飛んでいた。今更だが、あれは精霊だったようだ。小さな頃はここの蛍《ほたる》はハエ並みにたくさん飛んでいると思っていた。まだ排気ガスとかがなくて空気がきれいだからかと思っていた。父・ジョセフとはそんな話をしたことがなかった。人と精霊の契約なんてとてもファンタジーだ。でもここで生活している人たちにとっては当たり前のこと。なんとも不思議なことだ。ミルは自分がなんの属性の精霊と契約ができるかと、今から楽しみにしている。

ミルはその日の夕食の準備が終わるとようやく一息ついた。風は肌寒く、秋が近づいているのを感じる。秋になればミルは九歳になる。精霊の契約は十歳くらいが好ましいと聞いている。父・ジョセフは教会に連れていってくれるだろうか。

「そういえば、どうしてみんなは私にこんなに親切にしてくれるの？　ここにはフリーの精霊たちがいっぱいだけど、教会に行って誰かと契約しなくてもいいの？」

『ミルがいいの。ミルの魔力はおいしいからぁ』

黄の精霊が言う。

――えっ？

「魔力っておいしいの？」

――食べるものなの？

ちょっと引いてしまう。

『精霊は人の魔力をもらうものよぉ』

紫の精霊が言う。

――ちょっとなにを言っているのかわからない。でも異世界なんだし魔力というものがあるのか。

私にも魔力があって、その魔力を精霊が食べているということか……

「精霊は魔力を食べているの？」

とりあえず、聞いてみる。

『食べているというか〜感じているというか〜ぁ』

緑の精霊が言う。

『要は一緒にいればいい気分なの！』

赤の精霊が言う。

『人に害はないよぉ、たぶん。私たちは気に入った魔力にヒタヒタになっているだけぇ』

青の精霊がブンブンと、ミルの周りを飛びながら言う。

――たぶんって……。それにヒタヒタ？　なんか猫にマタタビみたいなものかな？　まぁでも力を貸してくれるのだから魔力ぐらい、いいのかな。寿命が縮まったりしないのかな？

「あっ、でもそれは精霊付になってからでしょ？　契約もしていない人間のために力を使って、精霊は生きていけるの？」

『大丈夫なの。ミルの魔力はたくさんあって駄々洩れだから、契約してなくても二十でも三十でも、もっとたくさんの精霊でも引き連れていけるよ』

――駄々洩れ？　引き連れていく？　どこに？　もう本当になにを言っているかわからない。

紫の精霊はそんなの当たり前だと言わんばかりにふんぞり返っている。ミルの瞳が紫だからなのか、紫の精霊は他の精霊よりよく見え、声もはっきりと聞こえた。

ミルが紫の精霊と将来契約をするのかなと考えていると――

『ちょっと！　時の!!　抜け駆けはゆるさない!!』

と、五十体以上はいそうな精霊たちのバトルが始まった。

光たちのバトルは深夜まで続いた。赤や青、緑、黄その他の色を含めて五十体ほどの光が暗い部屋の中を夜景のように照らしながら飛び回っている。

――きれいだなぁ、自然界の色だからなのか目にやさしい感じがするね。よく見るとバトルに参加していない子もいるな。力の弱い子たちだろうか。精霊の世界も世知辛いのう。力の弱い子たちは声も小さいし、光も小さい。そういう子はそういう子に付くのがいいのかもしれない。でも……魔力が駄々洩れって。二十でも三十でもって、すごいチートなのね、まさしくチート、これぞチート。ありがたいわぁ。逆によかったかも、変に貴族とかに生まれなくて。貴族に生まれて結婚相手を勝手に決められたり、悪役令嬢とかになるより全然いい。この世界に貴族とかいるのか知らないけど。まぁ王国なら貴族もいるか。また母親がいなかったり父親が嫌な奴だったりはなんの嫌がらせかって思うけど、もう仕方ないのでそこは置いといて、違う形で幸せになろう。

ふっと見ると様々な光の陰に黒の光があった。人型には見えない。ベッドに寝ころんで光を見ていたミルの目の前にふよふよと漂っている。なぜかじっと見られている感じがした。黒の光ってとても不思議だ。黒の精霊は闇の属性だ。

ミルは黒の光に手を伸ばした。そっと触れると、フワッとした毛玉のような感触がした。ミルは猫の顎《あご》を撫でるかのような仕草をする。前世で飼っていた黒猫のクロを思い出していた。

――可愛い、クロみたい。クロも私が携帯電話を触っているとじっと見つめてきたな。ウリウリ。可愛いなぁ。闇ってなにができるのかな？　夜に溶け込むとか？　この家を出るときは夜にしよう。

精霊との契約をするにはお布施《ふせ》が必要だと聞いている。しかし必要な額もよくわからない。父にお金を準備してもらわなければならないミルは、勇気を出してジョセフに十歳になったら教会に連れていってほしいと願うも「そんな金はない」と怒鳴られた。

『別に教会に行かなくても精霊と意思疎通ができるミルはその場で契約できるよ』

紫の精霊に可愛い顔で言われた。

――早く言って！

そうとわかればこんな父親のもとにいる必要はない。さっさとお金を貯めてこの家から出ていこうと決めた。精霊が助けてくれれば、生きていくことくらいできるだろう。親が死んで一人だとか適当なことを言ったら大丈夫だろう。

ミルが家を出る計画を練りつつ、いつもどおり忙しくしていると、夏に十歳になったルーイがやってきて、洗濯を手伝ってくれた。洗濯場でしか話ができないことをルーイは知っている。

「教会に行って精霊と契約をしてきたよ」

そう言ってルーイは近くにあった落ち葉を浮かせてみせた。

「あ、ルーイは風の精霊が付いたのね」

「ああ、すごい便利！　重たい荷物も風で浮かせて運べるし!!　空を飛びたいって願ったらちょっとだけ浮いたんだ!!」

ルーイはちょっと体格のいい男の子だ。発育がいいので十歳になって早速、教会に行ったようだ。

「すごーい!!　いいなぁ」

ちょっと大げさに言ってみる。ルーイの近くでブンブン飛び回っている黄色の精霊が見えた。ちょっと大きめの風の精霊だ。しかし、その精霊以外にも、三体ほどルーイの近くを飛んでいる。契約しなくても魔力が多い人は数体近くにいることがあるらしいが、本人は気がつかないまま生涯を終えることもあるようだ。

——そうか、それはもったいないな。いつか学会で発表しよう。この世界にそんなことをしている機関があるのかはわからないけど。

「だろ!!　でも飛ぶにはすごい魔力がいるからもうするなって父さんに止められた。下手したら死ぬかもって……」

「そうなんだ。まぁでも荷物が軽くなるのはいいよね」

なんとなくルーイと話をしていると女子になる。幸せな気分でいるとルーイから意外な申し出があった。

「なぁ、ミルももうすぐ十歳になるだろう？　教会に行けよ。おじさんが連れていってくれないならオレが母さんに頼むから」

「ありがとう、ルーイ。でもお布施《ふせ》がそれなりに必要なんでしょ？　自分の子供にならともかく、他人の子にお金を出す人はいないよ」

そのことでジョセフと言い合ったのを思い出した。

「オレが働いて少しずつ返すから」

「ダメダメ。そんなのダメだよ。お父さんにお願いするから大丈夫だから」

ルーイのやさしさはうれしいが、ただの友達に借金を背負わせるわけにはいかない。

「オレからおじさんにお願いしてやろうか？」

「ううん、いいの。お父さんのこと知ってるでしょ？　機嫌がいいときに自分でお願いする」

ルーイはミルがジョセフを少し怖がっていることに気がついているので、そう申し出てくれたのだろう。

ルーイはジョセフが精霊なしだということを親に聞いて知っていた。そして、親から精霊なしをバカにしたり、からかったりするのは絶対にするなと言われていたのだ。過去に精霊なしをバカにした人の多くはその後、精霊なしになったと聞いている。精霊なしをバカにすると自分に返ってくるのだ。

そして、ミルが精霊に対して疎《うと》いことに納得した。ジョセフは自分が精霊なしのためミルには精霊の話をあまりしていないのだろう。

ミルはルーイと精霊の話をしながら、ジョセフに初めて殴られたことを思い出した。

「お父さんには精霊が付いてないの？」

七歳くらいの頃、精霊たちから精霊付の話を聞いて、誰かとその話をしたかったミルはジョセフと精霊の話をしたら仲良くなれるのでは、と考えた。精霊の話をして距離を縮めようと思ったのだ。

そのキッカケとしてなんの精霊が付いているのか聞いてみようと思い、ジョセフを観察していた。しかしジョセフの周りに精霊はいなかった。お出かけしているとかないよね？　と思って、そのままあのセリフが出てしまったのだ。カッと目を見開いて「誰に聞いた！」とジョセフはミルを殴った。

きれいな緑色の瞳を持って生まれたジョセフは両親から喜ばれ、きっと緑の精霊が付くに違いない、代々花屋の我が家にぴったりだと、言われて育った。

しかし、精霊は付かなかった。両親には土と水の精霊が付いていたからジョセフに緑の精霊が付けば商売の幅も広がると期待が大きかった分、落胆も大きかった。

しかし、ジョセフの両親はそんな息子を粗末に扱ったりしなかった。むしろそれまで以上に可愛がった。だが、それがジョセフのプライドをさらに傷付けてしまったようだった。

ジョセフは「やはりみんなオレをバカにしているのか！」と癇癪《かんしゃく》を起こした。自分が精霊なしであることにミルが気がついたのは、近所の人たちが噂をしているからだと思ったようだった。精霊なしは冷遇されるわけではないが、やはり仕事に関することは精霊付が優先される。

ジョセフも仕事を探す際に苦労をしたのだそうだ。結局、地元に残り花屋を継ぐしかなかった。

そのことはのちに近所のおばさんに聞いた。

——あれは考えなしだった。私が悪い。殴られても仕方ない。……仕方ないかな？　いきなり殴らなくても……。子供なんだし……中身、大人だけどね。でも知らなかったし……

精霊たちに今からでも付いてあげてよ、と頼んだが、

「苦いからやだ」

と、断られた。

——あぁ、苦いのはいやだね……

ミルは十歳になる頃には借馬車を操《あやつ》り、一人で市場に行って買い付けをするまでになっていた。

市場は花の他にも、野菜、果物、小麦粉などの食べ物や食器類、雑貨、魔術具など様々な商品が集められている。

生花を扱っているジョセフの店は毎朝市場に行く。しかし、子供であるミルでは、いつも枯れそうな売れ残りの花しか仕入れることができなかった。大人でも難しい市場の買い付けを子供ができるはずがないのだ。いくら中身がおばさんでも、買い付けなどやったことがない。そして売れない

花を仕入れてくると、役立たずとジョセフから殴られる。それが十歳のミルの日常だった。

ジョセフは近所の目があるからなのか、店番だけはしている。店の花を買ってくれるのは、ジョセフのファンだ。ちょっとくたびれた感じのイケオジはこの世界でも需要があるらしい。枯れそうな花でも「これはこれできれいよ」と買っていく。しかし、そんな花はもちろん安い値段でしか売れない。

ジョセフは「最近体調が悪くて子供に迷惑をかけているから、申し訳ない。でも進んで市場に行くと言ってくれて助かっている。しかし売れ残りばかり買ってきて困る。私も市場に行こうとすると休んでいてくれと言って困らせるんだよ、はは」とファンに言いふらして同情を買っている。

――大うそだ。昼間まで寝ていたいだけじゃないか。

そんな話を横で聞きながら、ミルはいつものように店の周りを箒《ほうき》で掃いていた。

「やぁミル、元気そうだね？　お父さんの手伝い、えらいね。最近はミルが仕入れに行っているそうじゃないか。でもまだ仕入れはムリじゃないかな？　他のお店の人に仕入れを任せてみたらどうだい？」

そう話しかけてきたのはミルの花屋の二軒先で八百屋《やおや》を営んでいるジルだ。どうも近所でミルのことが噂になり、親思いだが空回りしていると心配されているようだ。町内会で話し合い、ジルがミルに直接助言をすることにしたらしい。

ミルは、笑顔をジルに向ける。

「そうですね！　そうします。ありがとうございます」

素直に頷いた。そこへジルとの話が聞こえたのか、ジョセフが店の奥から出てきた。

「ちょっと待ってくれ。そんなことをしたら手数料を取られてしまうよ、ミル」

ヘラヘラと笑いながら近寄ってくるが目は笑っていない。

「だったらジョセフが仕入れをするしかない。まだミルにはムリだろう」

「そうですよね」

ミルはウンウンと笑顔で答える。ジルは不思議そうな顔でミルを見ていた。父が言いふらしている内容と反応が違うからだろう。

そして夜、またミルは殴られた。ジョセフはミルを殴ることになんの罪悪感も抱かない。それは、ミルが次の日になったらケロッとしているからだろう。痛がってはいるがそれでも自分を睨み付ける。子供にまでバカにされているように感じられるのかもしれない。

ミルはよく殴られたが、へこたれない。なぜか。それは痛くないからだ。ミルは精霊たちにあるお願いをしていた。

ジョセフから初めて殴られたとき、壁にたたき付けられた。さすがに痛かった。意識が朦朧《もうろう》としている間に精霊たちがジョセフに攻撃しようとしていた。「ダメッ！」と大きな声を出したことでジョセフは「なにがダメなんだ！」とまた殴ってきた。

なんとか部屋に逃げ込みジョセフから逃れることができたが、精霊たちはミルに抗議した。だがミルがそんなこと願ってないと言うと、わかってくれた。

『また殴られたらどうするの？』

紫の精霊は両手を腰に当てて怒っている。

「時ちゃん、怒ってくれてありがとう」

ミルは時の精霊のことを時ちゃんと呼ぶ。

「でもお父さんを攻撃したらまたあとが大変だよ。どうやって反撃したのかと聞いてくるよ。精霊がたくさん味方してくれているなんて説明できないし……」

五十体ほどの大所帯の精霊たちがミルの味方をしていると知ったら大人はなんと思うのだろう。きっとどこかに売られる。なにをもって売られると確信しているのか自分でもわからないが、ミルは飼い殺しのような目にあわせられると思っている。ラノベの影響かもしれない。

『でも……じゃあまた殴られたどうするの？』

癒《いやし》の精霊がミルに治癒をかけながら聞いてくる。大きく腫《は》れた顔がきれいに治っていく。

「白ちゃん、ありがとう」

癒《いやし》の精霊は白ちゃんだ。

「それなんだけど、どうにか精霊付ってバレないように回避できないかな？」

ミルは前世のこともあり、一回でも殴られたら誰であろうと縁を切ると決めている。しかしまだミルは七歳だ。この歳ではひとり立ちは難しいだろう。ミルは心配してくれる精霊たちにある提案をする。

風の精霊たちは集まって会議中だ。そして、指揮をとるのは、一番光の強い精霊だ。顔係・胴体係・下半身右係・下半身左係・飛んだ先係の第五部隊で形成され、一部隊に大中小の三体の精霊が付く。

ジョセフの姿が見えた瞬間に風部隊がミルの周りを囲みに入る。風の精鋭たちはどこから調達したのか知らないが、いつのまにか武装している。

ミルはその姿を見るたびに、吹き出しそうになるのを堪《こら》える。その姿がまたジョセフの癇《かん》に障るようで、なにかにつけて殴ってきた。風たちはジョセフの手や足が当たる瞬間に前に入り込み、ミルに当たらないようにする。そして、身体を浮かせ吹っ飛んだように見せかけた。これは何度も練習した。あまり、派手に吹っ飛ぶとあやしまれる。

吹っ飛ばされた先にも風たちが待機しているため、よいクッションになってくれて痛くないし、なんなら飛んでいるみたいで楽しかったりする。

もちろん、しばらく動けないフリをして痛がることも忘れない。そこは必須である。しかし、痛くないから平気というわけでもない。殴られる瞬間はやはり恐ろしい。殴られないように一応発言は気をつけているし、あまりジョセフの手の届く範囲内には近づかないようにしているが、またそれがジョセフの癇《かん》に障るらしい。

殴られたあとは、いつも以上に大人しくしている。そうでないと痛くないのがバレてしまう。

風たちに防御をお願いしてから、ミルは精霊の特性を生かして、なんとか家事を楽にできないかと考えた。

一番辛いのは洗濯だ。二人分しかないが、寒い冬のときなんて冷たい水で手があかぎれになるし、時間もかかる。水の精霊と契約している主婦などは近くにあるドラム缶に水を張って水を左右に回転させ汚れを落としている。まさに、洗濯機だろう。

それを小遣い稼ぎにしている主婦もいる。やりすぎると魔力切れを起こし倒れてしまうので、あくまで自分のところのついでだ。そのドラム缶は洗濯場に常備されている。そのために置かれているのだろう。ミルもそのドラム缶を使えばいいのだが、主婦たちに見つかりジョセフに精霊のことがバレると困る。主婦たちのネットワークを甘く見てはいけない。では、どこで洗濯をしようか。

「時ちゃんは私を運んで瞬間移動とかできる？」

『もちろんできるよ。普通の人だと魔力が少ないからムリだけどミルは関係ないから』

――ん？　関係ないってなに？　……ちょっと色々確認したいことがあるけど、まずは洗濯のことを考えよう。

「そ、そうなんだ。じゃあ森の奥とか人が来ないようなところに連れていってくれない？」

『もちろんいいよ』

「ほんと？　ありがとう。あっ、その前に黒ちゃんにお願い。私を他の人に認識できないように隠ぺいとか使える？」

ウロウロしているのを誰かに見つかったらやっかいだ。闇の精霊は黒ちゃんだ。

ちょっとして、黒の光が前に傾いた。たぶんできる、という意味だろう。人型ではないが言葉は理解できているようだ。ミルは黒ちゃんに隠ぺいをかけてもらう。

周りが少し黒くなるだけで自分ではわからない。試しに、とジョセフがいる部屋まで行ってみる。見つかればトイレだと言えばいいのだ。

ジョセフはちょうど店から住居に移動しているところだった。目の前にいたが、認識されないまま通り過ぎた。どうやら成功のようだ。ミルは静かに部屋に戻った。

その足で、川が近くにある森の中に転移してもらった。転移したのは夜の森、真っ暗で静かだ。川のせせらぎだけが聞こえる。今いる森はミルが住む街の西門からそう遠くない。

西門はユロランに入るための門だ。反対側には東門もある。門の外には森がある。その森には獣の他に魔獣と呼ばれる危険生物が生息している。門から出て、馬車や人が通る道には魔獣避けのための結界が張ってあるが、少しでも外れると結界が効かなくなるため、とても危険だ。

ミルは結界魔法がなんの属性なのかわからなかったため、精霊たちに聞いてみた。

『知らない』

精霊たちの小さな光が同時に傾く。可愛いが、精霊もすべてを知っているわけではないようだ。

「知らないか……。じゃあ魔獣が出たら、ひのちゃんが追い払ってくれる？」

火の精霊はひのちゃんだ。

『私の出番ね！　わかったわ！　まかせて！』

やっとね！　とばかりに、火の玉のように真っ赤に燃え上がる。

「あっ、その火の玉素敵！　そのまま、そのまま。そのままでいられる？」

ロウソク代わりにと火の玉の姿で固定してもらった。他の数体のひのちゃんも同じように小さな火の玉になっていく。

「ありがとう、みんな」

電気などないこの世界は、夜になるとロウソクに火を灯す。しかし、ロウソク代もかかるのでミルには渡されない。火の精霊もロウソクは出せないが、火の玉になってくれたら夜の闇も暗くない。ミルが笑顔でお礼を言うと、火の精霊は火の玉のままうれしそうに飛び回った。ちょっとシュールだ。

翌日、市場から戻ったミルは、店をジョセフに任せ、洗濯に向かう。途中で死角になっている場所に移動して黒ちゃんに隠ぺいをしてもらい森に転移する。森に人影はない。昨日準備した、土でできた弥生《やよい》式土器のような大きな器が三つある。

その三つの器は昨日の夜、ドラム缶がないなら作ってしまえと土の精霊に頼み、作ってもらったものだ。

「土ちゃん、ドラム缶のような入れ物って作れる?」

土の精霊は土ちゃんだ。

『やっと、おいらの出番だね! 任せて』

土ちゃんは張り切って三つも作った。

――そんなにいらないけど、まっいいか。私とおやじの分を分けよう。

その器は固く水で激しく回しても壊れないようにしてもらった。

その後水ちゃんに土から水分を抜いてもらい、さらに強固にしてもらったうえで乾かした。

初仕事に土ちゃんは満足そうだった。

その器に洗濯物を入れて、水ちゃんにグルグル回してもらう。

洗濯の間、ミルは休憩を取ることにした。いつも朝から晩まで小さい身体で働きまくっているのだ。どこかで休息を取らないと死んでしまう。緑の精霊——緑子ちゃんたちに葉っぱでハンモックのような物を作ってもらい、横になる。

——最高、ちょっと昼寝。いつも朝が早いので助かる。

ミルはキラキラと飛び交う精霊たちを見ながら眠りに落ちた。目が覚めると青い空が見えた。眠っていた時間はそんなに長くないようだ。

『ちょっと時間を止めといた』

時ちゃんがすごいことをサラッと言う。

洗濯を終え、街に戻った。洗濯物は、水ちゃんに少し湿った状態になるまで水を抜いてもらった。それを干したら次は掃除だ。風たちに埃を飛ばしてもらい掃除は終了した。ジョセフは店のレジ前で居眠りをしている。いつものことだ。

家事はこれで楽になった。夕食を作るまでに少し時間ができた。あとはお金だ。独立するにあたっての資金を今から考えなくてはならない。せっかく精霊たちがいるのだ。うまく活用すればお金を稼ぐことができるだろう。

そう考えていたミルだったが、すぐに行き詰まった。お金はすべてジョセフが握っている。花を仕入れに行っても、その場で現金取引なんてしない。後日まとめてジョセフに請求が行くのだ。そのうえ、商売をするなら商人ギルドに登録しなければならない。登録には身分証明がいる。それがないと外から来た者と判断され、多くの書類が必要になる。緑子ちゃんに人気の花を作ってもらって道端で売ろうかと考えていたが頓挫《とんざ》する。

この国で生まれて育った者ならみんな必ず持っている身分証明がある。年に一度、夏になると満五歳になった子供たちを教会に集めて儀式がおこなわれる。そこで子供たち一人一人に、名刺くらいの長方形の薄い銀色をしたプレートのようなものが手渡される。それと同時に教会に街の一員になったことを認めてもらう。いうなれば戸籍のようなものだ。それがないと就職先にも結婚にも苦労するらしい。

ある魔術具によって、そのプレートに名前と出身地が登録できる。登録すると一センチ×三センチくらいのプレートになる。普段は銀色のただのプレートだが、専用の魔術具に通すと内容が確認できるそうだ。住民はなくさないように常に首から下げていた。プレートには親切にも丸い穴があいていて紐が通せるようになっているのだ。しかし、ミルは持っていなかった。

以前、ルーイからどうして首にかけないのかと、聞かれたことがある。なんのことかわからず、ルーイにそのプレートを見せてもらった。見たことがなかった。そのときは、「お父さんが持っている。私だとすぐなくすから」と慌てて言い訳をしたのだ。なんとなく知らないことを知られるのが怖かった。

「この首にかかっているチェーンは六歳の誕生日に父さんにもらったんだ。なくさないようにって。

普通はそのことを説明して首にかけてもらうんだよ。それが習わしだって。母さんも父さんも言ってた。おまえも自分の子供ができたらそうするんだぞって」

眩暈《めまい》がしそうだった。そんなこと、してもらったことなんてない。ミルは自分の誕生日も知らないことにそのときに初めて気がついた。

――なんでみんな知っているの？　私はこの国で自分がいつ生まれたのかなんて知らない。秋頃だとかしか知らない。異世界でも誕生日のお祝いとかするなんて初めて知った。

ミルのプレートはたぶんないだろう。聞いても殴られるだけだ。身分証明がなければ他の街や他の国に行けない。ジョセフはミルを一生この街に縛るつもりかもしれない。戸籍がない怖さは前世でもよく知っている。パスポートも作れないし、結婚もできない。

――ジョセフが恐ろしい。これは成人になるまでとか言っていられない。早急に動かないと。でも情報もお金も足りない。

ミルは、情報を集めようと、まず精霊たちにこの国のことを聞いた。時ちゃんは時の精霊だ。昔のことから今の情勢まで詳しいはずだ。

『いいよ。じゃあ目を閉じて』

言われたとおりに目を閉じた。おでこがほのかに温かくなり、色々な映像が頭の中に現れた。最近のことから徐々に古いものになっていく。

不思議なことに、数分でこの国の内情や風習などを知ることができた。ミルが直近で必要そうな情報としては、この国には八歳から十歳まで午前のみ通える学校のような施設があり、二年間通うとその証としてプレートに記される。それを学卒という。

この施設は、国が設立したもので、無料で文字や簡単な計算を教えてくれる。しかも昼ご飯付だ。そのことはミルも知っていた。しかし、プレートに学卒として記されることは知らなかった。ジョセフはミルを学校に通わせていなかった。

——それってまずくない？

この学校を出ない子は、ほぼいないらしい。それはそうだろう。勉強も教えてくれてご飯が付いているのだ。貧しい家庭なら進んで子供を行かせるだろう。本当ならルーイと一緒に学校に行くはずだったのだ。ルーイに学校に行かないのかと尋ねられたこともあった。ジョセフは近所の人たちに、「行きたくない。お店を継ぐから学校なんて行かなくていい」と、ミルが言っていると言いふらしていた。もちろん学校に入るのも、その戸籍プレートが必須なのだ。どうやったのか、ジョセフがミルのプレートを取得していないことは近所の人たちにバレていないようだった。

ミルは元々自分で勉強はしていた。文字がわからないと仕入れなんてできない。市場にいた人と仲良くなり、文字と数字はすでに習得していた。簡単な計算は習わなくてももちろんできた。できはしたが、学校を出ていないという現実は消えない。

——どうしたものか……

ミルは精霊に頼めばどこにでも行ける。しかし真っ当な生活をしたいミルは、プレートがほしい。

——さすがに日陰の人生なんていやだ。しかも親のせいで。どうしたものか。

とりあえず、市場や買い物で知り合った大人たちに愛想よくした。情報を得るためだ。元々愛想よくはしていた。それが仕事をするということだ。

前世から女性の仕事は、ほぼ愛嬌を振りまくことだと思っている。前世では十八歳から働いていたが、真顔で働いていたら無愛想だの、あの人は冷たいだの散々に言われた。仕事をしているときに笑えるか！　とも思っていたが、やはり女性は笑顔なのだ。この世界でもやはり笑顔は効く。行き交う人に笑顔で挨拶、声かけ、愛想笑い、なんでもした。

笑顔って大事。

情報を得るための行動だったが、おかげで仕入れもうまくいくようになった。半年もすると、ジョセフが仕入れをしているときと同じくらい、いや、それ以上に売れ筋を売ってもらえた。しかも相場より少し安く。みんなが同情して、優先して仕入れさせてくれたのだ。

あざといって万国共通。

こんないい人たちを騙《だま》しているようで申し訳なく思うが、ミルも生きていかねばならないので、そこは許してほしい。安く仕入れて高く売る。これは商人の鉄則だ。なんちゃって。

しかし花屋が儲《もう》かっても、ミルには入ってこない。ジョセフが喜ぶだけだ。まあそれが狙いでもある。店に余裕が出てくれれば、ジョセフの財布の紐にも緩みが出るだろう。

そこでまた、おばさんスキルの発動だ。大人たちにまざって、あざとさ大爆発の交渉をする。それができたのも前世の記憶に他ならない。恥も外聞もムシ、ムシ、ムーシである。もちろん、ミルの可愛い顔もプラスに働く。幼く可愛い、今だけの特権だ。そして花の仕入れに成功したら、近所での食材の買い物にも発動させるだろう。ジョセフの財布の紐も緩み、予算が増えた。お肉や野菜の値段も負けてもらう。さらに色々とまた精霊たちにお願いをした。

——ふふふっ。

洗濯をしている場所の近くに小さな菜園を作り、緑子ちゃんと土ちゃんにお願いして野菜を育ててもらっている。種をもらって植えたところ、みるみる育った。種はもちろん街の人にあざと可愛く、ねだった。そして育った野菜たちは時ちゃんに預けている。時ちゃんは時空の空間に倉庫があると言っていた。そこに入れたものは傷《いた》まない。

肉は洗濯している間に小さな小動物を狩って手に入れた。水ちゃんに協力してもらい、水でスパンと一振りだ。可愛い野ウサギだったりすると最初は仕留めるのに躊躇《ちゅうちょ》したが、しかしそこは前世はおばさん、すぐ慣れた。顔と内臓以外は全部食べる。顔部分はちゃんと埋葬して、合掌する。

ミルはまったく動物を捌《さば》けなかったが、家から遠く離れた街の肉屋まで行き、値段の相場や捌《さば》き方を教わっていた。この半年で少々大きな獣でも捌《さば》けるようになっていた。

しかし、まったく食材を買わないわけにはいかない。ジョセフに買っていないことがバレるかもしれないからだ。いつもの量を安く買い、時ちゃんから野菜や肉を取り出してもらい、調理して食卓に並べる。少し豪華になった食卓を見て、ジョセフは上機嫌だ。

しかし、おつりは毎回その日に、きっちりジョセフに返すことになっている。もちろん、安くしてもらった金額と時ちゃんから取り出した食材の金額を引いてだ。

市場や近所の大人たちから得た情報により、自分の置かれている状況も見えてきた。お金も少しずつ貯まっている。家事を任されるようになった七歳ぐらいのときから、毎日食材を買うために五ベニーをもらっていた。この国の通貨はベニーだ。パンひとつで一ベニーほど、円でいうと百円くらいだろうか。それが銅貨一枚になる。その他の硬貨として十ベニーで小銀貨、百ベニーで大銀貨になる。金貨は千ベニーで一番大きな硬貨だ。金貨ともなると、庶民はほとんど見ることもない。

昔はどんなに頑張っても一ベニーをくすねるのが精いっぱいだった、九歳頃になると畑が充実し出したので、ちょこちょことタンス預金が増えていった。三年でようやく五百ベニー、約五万円になった。

もうすぐ秋、ミルは十一歳になる。成人となる十五歳まで待たずに、家を出てもいいのではないかと思っていた。

厳しい冬が来る前にどこか落ち着ける場所を見つけたい。

しかし、問題があった。プレートだ。プレートがないと街から出られないし、入れない。家を出ても、この街・ユロランにいては、ジョセフに見つかり連れ戻されるだろう。とりあえず隣街に逃げたい。そしてプレート問題に行きつく。

プレートは再発行もできると聞いた。そのため、とりあえずの拠点にする隣街のイージュレンを視察することにする。うまくいけばそこでプレートを作れるかもしれない。もちろん移動は、時ちゃんにお願いをする。まだプレートがないので門を通らずに潜入だ。

潜入の前にミルは森の秘密基地で変装をした。今までのようなジョセフのお下がりを着ていては変に目立つだろう。ミルはモスグリーンのワンピースに身を包んだ。

ミルにとっては生まれて初めてのワンピースだ。このワンピースはミルが近所で情報収集をしているときに、パン屋のおばさんからもらったものだ。

その日、ミルはパン屋で買い物をして雑談を装《よそお》い情報収集をしていた。

「これ、私が成人のお祝いのときに両親が作ってくれたワンピースなの。生地もまあまあのものよ。成人のお祝いと結婚のお祝いでしか着なかったのよね。本当は赤の布地がよかったんだけど赤は値が張るから、この色になったのだけど。娘に着てもらおうとずっと持っていたのよ。でも生まれたのは男ばかりで孫もまだだし。いい加減古くなっちゃうわ。もらってくれない？」

「えっ！　こんな素敵なワンピースもらっていいの？」

「いいわよ。誰も着ないし、だからといって捨てられないしね。年頃のお嬢さんが着てくれた方がワンピースも喜ぶわ」

ミルは言葉が出なかった。目は涙でいっぱいになる。

「お父さんには内緒ね。気を遣わせちゃうから」

パン屋のおばさんは人差し指を口に持っていき、ウィンクをした。

「見つからないように持って帰るのよ！」

そう言っておばさんはミルのヨレヨレのシャツをめくり、ワンピースをお腹に隠すように言った。

「あ、ありがとうございます。大事に着ます！」

本当はもっとお礼を言いたかったが、その言葉しか出なかった。

そのほかにも下町で情報収集をしていると、仕立て屋の女主人が、「もうこれ、汚れが落ちなくて売れないのよ」と言ってブラウスやスカートを、飯屋の女将《おかみ》さんが「これもう捨てるのよ、いる？」とブーツとカバンを譲ってくれた。なぜ、こんなに親切にしてくれるのかミルにはわからなかった。

着なくなっても、古着屋に売ればそれなりの値になるはずだ。なぜミルに譲ってくれるのか。たぶん、彼女たちはずっとミルのことを助けたかったに違いない。ずっと働いてばかりでワンピース一着も持っていない、学校にも行かせてもらえない、なんの祭りにも参加していない。さすがにおかしいと下町の人たちも思っていたようだ。ミルはこの街から父から逃れたくてしょうがなかったが、街の人はこんなにもいい人ばかり。なぜジョセフだけああなのか。

ミルはみんなに涙ながらに感謝する。大人になったら帰ってこよう。子供とか連れて、あのときはありがとうと言いたい。忘れないように頭の中でメモをしよう。

ワンピースはちょうどいい大きさだった。パン屋のおばさんの身長は、ミルと同じくらいだった。ミルはすでに百六十センチくらいの身長があるようだ。ジョセフも背が高いから、きっとまだまだ伸びるだろう。

モスグリーンのワンピースに、もらったブラウンのショートブーツを履く。そういう恰好をすると、ミルはれっきとした女の子だった。ミルは髪を短くしていたが無理やり後ろで束ねて紐で結んだ。髪を結ぶとクリクリの天然パーマのミルの髪は毛先が丸まり、お団子を作っているように見える。そうすることで少し大人っぽく見えた。

ミルはもらった肩かけカバンを持ち、イージュレンの商人ギルドに向かう。ユロランもそうだが、商人ギルドは下町と繁華街のそれぞれにある。質のいいワンピースを普段着にしているから、ギルド職員から見れば、ちょっとお金持ちに見えるかもしれない。ミルは繁華街の方がいいかなと思った。

ユロランで情報収集しているときに、スズカという言葉が何度も出てきた。どうやら戸籍プレートはスズカというらしい。なんでスズカというのか、恐る恐る聞いてみた。なんでそんな常識を知らないのか、と罵《ののし》られるかもと怖かったが、普通に答えが返ってきた。なんでも大昔に「すずか」という女性が考案したのだとか。日本人っぽい名前だが、今ではスズカと言えばそのプレートのことなのだ。

ミルは繁華街を歩く。着なれないマキシ丈ワンピースは歩きにくい。石畳の道の両側には、大きくてきれいな建物が並んでいる。ユロランでは下町と市場しか行ったことがなかったミルにとって、繁華街自体が初だ。商人ギルドは大通りを抜けたところにあった。きれいな建物で門番のような人もいる。商人ギルドの重厚で美しい扉を開けて中に入る。中の天井は高く、きれいな白い床を紳士淑女がお上品に歩いていた。

――下町のギルドに行けばよかったかな……。パン屋のおばちゃんには悪いけど、このワンピースでもちょっと場違い。

そんなことを思っていたら、執事のような人から声をかけられた。

「お嬢様、本日はどのようなご用件で？」

ひっと声が漏れそうになるのを堪《こら》えた。

「えっあの……スズカの再発行を……」

再発行を頼むか正直に作っていないことを言うか迷っていたのに、急に話しかけられとっさに再発行と言ってしまった。

「そうですか。では、こちらにどうぞ」

白いシャツに黒のパンツスタイル、髪を清潔にセットしている上品そうなおじさんに促《うなが》され受付に向かう。他の受付の人がいなかったため、そのままそのおじさんが担当してくれることになった。

「スズカをなくされたのですか？」

「……はい」

おどおどと返事をしてしまう。

「どういった経緯でなくされたかわかりますか？　家ですか？　外ですか？」

「外です。実は森に行って薬草を摘んでいたら、ちょっと結界から外れてしまい、魔獣に出くわしてしまったのです。たぶん、そのときに落としたのかも……」

「森に!?　若い女性がいけませんね」

「幼馴染《おさななじみ》も一緒です。一人ではなかったのですが、びっくりして慌ててしまって」

ミルはあらかじめ考えていた設定を言う。

「そうですか。わかりました。再発行の手続きをしますので、こちらを記入してください」

一枚の銀色のプレートを渡され、そこに名前、出身、生年月日を記入するように言われた。

——どうしよう、考えなしだったかな……。名前、出身……

「どうかされましたか？」

「いえ……」

ミルは綴《つづ》りが間違っていないように祈りながら渡されたペンでプレートに書き込む。銀のプレートを返すと、男性がそれを魔術具にはめる。

「では、こちらの魔術具に指をのせてください」

ミルは人差し指を置く。しばらくすると、銀のプレートが光り出した。プレートが、名刺サイズから一センチ×三センチくらいの大きさに変わっていく。ルーイが持っていたものと同じものだ。

「はい、これが再発行されたスズカです。もうなくさないように」

「はい。ありがとうございます」

スズカには小さな穴があいている。ここに紐を通すのだろう。

ミルは自分のスズカができたことを喜び、カバンの中をゴソゴソしながら聞いた。

「あの、おいくらになりますか？」

「いえ、代金はけっこうですよ」

「えっ？　再発行にはお金がかかると聞いたのですが……」

「ああ。何度もなくさないように、親は子供にそう言うのでしょうね。基本無料です。まぁ何度も繰り返しなくすと罰金を科されます。でも初めての再発行のようですし、大丈夫ですよ」

そうやさしく説明をしてくれた。

「そうなのですか。でも初めての再発行ってどうしてわかるのですか？」

「魔力が一人一人違うのはご存じでしょう？　さきほどの魔術具であなたの魔力がそのスズカに登録されました。そして、今登録した魔力は、これまで登録されたことのないものでした。元々スズカは満五歳のときに教会で作られますが、教会では魔力の登録はしませんからね。こうして再発行などのときに初めて登録することになります。ちなみに、魔力を登録したスズカは、その魔力の持ち主しか使えません。誰か別の人がそのスズカを使おうとすると、登録された魔力と反発して溶けてなくなります。魔力の登録は名無しなのですが、同じ人が来ればわかります。同じ魔力の人はいませんからね。ということです」

「な、なるほど、知りませんでした。すごいですね」

――本当にすごい。魔力だけで個人の識別ができるんだ。なんかＤＮＡ的な感じかな、魔力って。

「あまりこんなことまで説明しませんからね。知らなくて当然ですよ」

紳士はにっこりと笑う。

――でも、それだったらなくしたと言って、名前や出身地を変えて何個も作る人が出てきそうな気がするけど、それはいいのかな。

「ちなみに、名前や出身地を変えて色々なところで再発行することはできませんよ。魔力は一緒ですから、名前が違えばスズカが拒否します。二個までなら発行は可能でしょうけど、街に入るときに見せたスズカと宿屋で出したスズカが違うと、不法侵入者になりますから。ふたつ持っていてもあまり意味がないかと思います」

顔に出ていたのかと思うほどに的確な説明をされてしまった。

「申し訳ございません。敏《さと》いご婦人のようでしたので余計なことまで申しました」

またもや顔に出ていたようで詫びられてしまった。

「いえ！　きちんと知れてよかったです。ありがとうございます」

墓穴を掘る前に帰ろうと、お礼を言ってミルは腰を浮かした。

「あっ、教会にも行かれた方がいいですよ、この建物の前ですので。改めて精霊登録をしないと精霊なし扱いになります。精霊と卒業した学校名は商人ギルドでは登録できない仕組みになっていますので」

「あっ、なるほど、それで二個持っていてもダメなのですね」

「そうです。どちらかが精霊なしと学卒なしになりますからね」

ふたつのスズカを持っていても精霊なしになると仕事が探せない。もちろん学卒も。

「名前の違うスズカに同じ精霊登録をしようものなら精霊が反発すると言われています。そして精霊が離れてしまうとも。さらに精霊は自身の力で人を攻撃することを拒みます。殺しや盗みなどをしたら、やはり精霊が離れていってしまうでしょう。精霊なしをバカにしても離れると聞いていますね」

――けっこう色々な誓約があるんだな。

ミルはブンブン飛び回る精霊たちをそっと見る。

「精霊なしをバカにしても離れるのですか？」

「ええ、そうですよ。親に聞いてはいませんか？　最初に言われることですが」

「あぁ、聞き逃したのかもしれません」

「気をつけられるといいですよ。教会は真正面です。少しお布施《ふせ》が必要かもしれません」

「わかりました。ありがとうございました」

——ふぅ、あぶない、あぶない。色々突っ込むと変に思われる。でもよかった、無事にスズカを作れた。それにしてもすごく緊張したよ。あとは精霊登録ね。学校は行ってないから関係ないな。

さてと、どの子と契約するかな。

ミルは、商人ギルドの前にある噴水広場のベンチに座っている。教会に行く前に精霊と契約をしなければならないが、ミルとの契約をめぐって、精霊たちが揉め出した。

『やっぱり、瞳と同じ色の私と契約するでしょう？』

時ちゃんが自信満々に言う。

「えっ、時ちゃんはムリだよ。貴重だもん。契約したら目立っちゃう。契約は水・火・風の子たちになるよ」

時ちゃんはガーンと効果音が聞こえてきそうな顔をしてミルの頭の上に落下した。

言い方は悪いが、水・火・風の三種の属性は、石を投げれば当たるほどいるのだ。また、緑・土の属性の精霊と契約ができた人たちは、教会に登録しなければならない。緑や土が特に珍しい属性というわけではないが、国や地域に災害などがあったときになにかしらの協力を求められるらしい。

そして協力する代わりに、お布施《ふせ》は返される。しかし、時・闇・光などの属性は存在自体が珍しいため、契約するとものすごく目立つのは言うまでもない。

「じゃあ、水ちゃんにお願いしようかな」

そう言うと、一番光の強い水の精霊が喜び、ミルの周りを飛び回った。

「いやいや違うよ。中くらいの子でお願い。大きな光の子と契約なんて目立つじゃない！」

光の強い水の精霊がミルの頭の上に落下した。時の精霊と並んで不貞腐《ふてくさ》れている。

中くらいの水の精霊たちはいそいそとミルの前に整列する。七体いる。光の大きな水の精霊たちはミルの頭の上を不満げに飛び回る。

「もうみんなごめん！　契約したからってなにも変わらないでしょ？　もうその子にしかお願いをしちゃあいけないってことはないんでしょ？」

『『でも～!!』』

精霊たちの不満は止まらない。

それを無視して中くらいの水の精霊たちに向き直る。七体の水の精霊はそわそわしている。ミルはサッサと決め、人差し指で真ん中の子をさした。

教会の大きな扉を開けると、一組の契約者がいた。平日は人が少ないようだ。建物内部は吹き抜けになっていて、中央には、精霊王ヒースの像が祀《まつ》られていた。なかなかのイケメンである。

その精霊王ヒースの像の下にバスケットボールほどの大きさの透明な石がある。その周りにはたくさんの精霊が飛んでいた。十歳くらいの子供が、その右に向かって手をかざしている。近くで両親と神父さんみたいな人が見守っていた。ミルが教会内に入ると、精霊たちが一斉にこっちに向き直りミルの方向に飛んでこようとしていた。

――あっダメ。こっちに来ないように言って！　あの子が精霊なしになってしまう！

小声で精霊たちに言う。ミルの精霊たちは子供の周りにいた精霊たちを説得してくれたようだ。

精霊たちは石の周りに戻り、無事にその子供は精霊との契約が成立したようだ。

ミルがほっとしていたら、別の神父さんから話しかけられた。

「今日はどうされましたか？」

「あっ、精霊の契約に来ました」

「精霊の契約ですか。二回目ですか？」

神父さんはミルをサッと見たあとに笑顔で聞いてきた。

「いえ、一回目です。精霊の契約は二回もできるんですか？」

「一回目ですか？　これは失礼しました。ええ、二回でも三回でもできますよ。契約ができるかはわかりませんが、大人になって魔力が増えるのは不思議なことではありませんから。魔力が増えたあとまた契約に訪れて、二体三体と契約する方は大勢いますよ。それよりおいくつですか？　いえ、失礼でしたね。どうぞこちらに。少々お布施《ふせ》が必要になります。大丈夫でしょうか？」

「はい……」

神父さんは一人で勝手にしゃべって一人で完結している。

いったい、何歳に見えるのだろう。もうすぐ十一歳とはいえまだ十歳なんだけど。

お布施《ふせ》は気持ちと言われているが、基本二百ベニー、二万円らしい。そこそこする。ミルは大銀貨二枚を払い、精霊石に手を掲げる。

さっき噴水広場で指名した水の精霊が出てきて契約してくれた。精霊はにっこり笑って『ありがとう』と言っている。

精霊石が一瞬大きく青く光った。契約が完了した合図だろうと思ってミルが神父さんに向き直ると、神父さんは目を見開いて驚いた顔をしている。ミルはなにか失敗したのかと思い、神父さんに駆け寄った。

「どうかしましたか？」

「いえ……いえ！　あなたはずいぶんと大きな魔力をお持ちなのですね。びっくりしました。力の大きな水の精霊と契約されたようだ。年を重ねると力の強い精霊は寄ってこないと聞いています。現に二回目、三回目以降の契約は一回目より力が小さい精霊が付くのです。成人をずいぶん過ぎてからの一回目の契約であの光！　ああ！　もったいない。十歳のときに来ていればもっと大きな精霊に当たったかもしれません！」

なんか、興奮しすぎて失礼なことを言っている。どうやら成人をずいぶん過ぎた女性だと思われているようだ。

――だから十歳ですぅ。ん？　でも私が指名した子は確か中くらいの子だったはず。それでも力が強いの？

「力の大きな精霊だったのですか？」

「ええ、そうです。契約が終了したときに精霊石が光るのですが、その光で精霊の属性や大きさがわかるのです。あなたの光は、濃い青い色で大きく光りました。貴族並みです。でもあなたは平民でしょう？　まぁ、たまにいるのですよ。平民でも力の大きな精霊が付く方が！　先祖返りといいまして、きっと遠いご先祖様はお貴族様だったのでしょうね。いや、うらやましい！　あっ失礼しました。手続きをしましょう。スズカを出してもらえますか？　水の精霊、大と登録しましょう」

――この神父さんに悪気はないようだけど、なんか色々と失礼なことを言われている気がする。

ま、いいけど。でもしまったな。中くらいの子にしたつもりが、平民では大なのか……ああ、やっちゃった？　てへっ的な？　でもこの神父さんの様子だとちょっとすごいくらいの感覚っぽいな。

じゃあ気にすることないかな。

ミルはスズカを取り出した。

「では、登録をいたしましょう。おや？　卒業した学校が記録されていませんね。再発行されたのですか？」

「はい、そうです」

「ああ、やっぱり。学校も教会でしか登録できないのですよ。そのためよく再発行の際に入れ忘れる人がいます。一応言っていただかないと登録はしませんので。よくあるのです。学校名はどこですか？　この地域のご出身でしたらノートンでしょうかね？　ちょっと下町の方でしたらキノクスでしょうか？　ああ、学校名を忘れる人もよくいるのですよ。学校名を気にするのは貴族ぐらいですからね。で、どちらですか？　もっと下町でしたか？」

「い、いいえ、キノクスでした」

「わかりました。登録しておきますね」

「はい、ありがとうございます」

――よくしゃべる神父さんだな……どうしよう。

ミルはとっさにうそをついてしまった。この国では二年の学校を出ていないなんてことは考えられないようだ。無料なうえ、昼ご飯付きだ。貧しい家庭の子供はこぞって行くだろう。行かせない親なんていないのだ。

「はい、登録完了しました」

スズカを渡される。なんの問題もなかったようだ。

「ありがとうございます」

ミルはスズカを受け取ると教会を出た。

――なんだろう。簡単に学卒になってしまった。これは制度の穴だろうな。精霊と契約をさせない親はいない、学校に来させない親はいないと思い込んでいる。でも実際には変な親もいるだろう。私だけではないと思うな。学校を出ていない子とか、もっといると思う。いつか公表できればいいな。その子たちの助けになりたい。でも今はムリ、ごめん。しかし、何歳に見えたのか……十歳に見えない？　まぁ動きやすくていいけど……

ミルの前世は所謂《いわゆる》おばさんで人生の幕を下ろしている。よって所作や仕草、立ち姿が大人の女性に見えたのだろう。たとえ顔が幼く子供に見えたとしても、背の高い男性などはミルのツヤツヤの肌などは見ていない。そしてミルは短い髪を無理やり束ねるという変な髪型をしている。総合的に子供に見えなかったようだ。

しかし色々とあったが、ミルはスズカを手に入れた。

ミルはこれからのことを考える。最終的には王都に行こうと思っている。ルーイがいる王都。ルーイは十一歳になり、一足先に王都に向かった。でもミルは未成年だし、今王都に行っても仕事はないだろう。まず、イージュレンを拠点にしてお金を貯める。そして成人してから王都に向かう。

ミルはスズカを作ったその日に、イージュレンの冒険者ギルドに登録をしてこっそりと仕事をしてみた。もちろん恰好はワンピースではなく、いつものジョセフのスタイルだ。

少しの薬草と十歳の子供が仕留められそうな弱い魔獣を持ち込み、冒険者ギルドで精算してみたのだ。魔獣は素材と肉を合わせて二十ベニー、薬草は三束で三十ベニーになった。薬草一束は十本だ。合わせて五十ベニー、五千円だ。一時間も働いていない。初仕事にしては上々なのではないか。

お金を得られたことにほっとして帰ろうとしたとき、冒険者ギルドの職員に話しかけられた。

「君は冒険者になりたて？　見たところ成人して間もない感じだけど。住むところはあるの？」

今のミルはジョセフのお下がりの服を着ている。おそらく男だと思われているだろう。男装していると、成人して間もない年齢に見えるらしい。

「宿を……」

「そうか。ギルドでは若い冒険者用に安いアパートを貸し出している。そのアパートが空いているのだが、借りるかい？」

即、借りた。なんとアパートは最初の一年は一ヶ月五十ベニー、二年目から百ベニー、三年目以降三百ベニーのチョー格安物件だった。そのまま内見を済ませた。外観はボロだが中はまあまあきれいなアパートだ。七階建てで各部屋にベッドとクローゼット、さらに薪《まき》ストーブもある。一階には竈《かまど》がふたつあり、食堂も、身体が洗える場所もある。シェアハウスのような造りで、トイレは各フロア一ヶ所ずつ、つまり共同になる。現在入居者は全員男性とのことだが、元々若い女性の一人暮らしなど、この世界ではありえないことのようだから当然といえば当然だ。

現在、七階はすべての部屋が空いているとのことで、下の階が空くまでミルは七階の部屋を使うことになった。ちなみに、下に行くほど先輩冒険者が住んでいるらしい。エレベーターなどないので七階は不人気のようだ。七階にも竈《かまど》がひとつあり、なんと一階とは別にシャワールームも狭いが付いている。

——よかった。一人でトイレが使える。

アパートを退去するときに壊れたものがないか確認されるらしい。壊れているものがあれば弁償だ。それはどこの世界も変わらない。七階の一番きれいな部屋を使うことに決める。最近リフォームしたらしくベッドも新しくてきれいだ。鍵をもらい契約完了だ。冒険者ギルドで銀行口座を開設すれば家賃が引き落とされるらしい。すぐに開設し二十ベニーほど入金する。最近この制度が導入されたとか。

——ユロランにはなかった制度だな。もう少しすればユロランにも導入されるかもしれないけど、イージュレンにあるということは王都ではもう利用されている制度だろうから開設しても問題ないな。大金を持って歩かないでいいのはありがたいね。私は時ちゃんがいるからいいんだけど。さあ、これで必要な物は揃った。お布施《ふせ》で二百ベニー使ってしまったが、冒険者ギルドで一日五十ベニー稼げるのならどうにかなるだろう。精霊たちもいる。早くあんな家から逃げ出したい。

というのもミルは、少し前からジョセフの視線を不快に思っていた。たまにジョセフは酔っているのか、少し赤い顔してミルを下から上へと嘗《な》め回すように見てはニヤニヤしていた。

――気持ち悪い……

そんな視線に気がついてはいるものの、ミルは無視していた。他にも気配を消して急にミルの部屋のドアをノックもせずに乱暴に開けたり、料理をしているときや掃除をしているときにずっとミルを監視するように見たりするのだ。そのため、風の精霊に掃除をお願いすることも水の精霊に水圧で食材を切ってもらうこともできない。

――マジでうざい。

部屋にいても心から休めない。ジョセフが突撃してくる前に精霊たちが教えてくれはするが、いきなり『こっちに来るよ』と言われると焦ってしまう。

それはミルが着替えるタイミングのときが多かった。寝る前には当然、着替える。身体を拭いて寝間着にしている服に着替えて寝るのだ。時間をずらして着替えても急にミルの部屋に来る。来ることがわかっているので着替えるのをやめて窓の外を見ているフリをする。

「早く寝ろよ」

父親みたいなことを言う。

「わかってる」

「着替えないのか？」

「お父さんがいたら着替えられないよ」

「子供のくせになにを恥ずかしがっている」

「……」

そう言ってニヤニヤしながら自分の部屋に戻るのだった。

――マジでゾッとする。私はまだ胸もペタンコの子供だ。ロリコンなのだろうか。でも実の子だよ。マジで気持ち悪い。でも、少し胸が出てきたかな。さすが外国人の身体、発育がいい。いや異世界人か。

ミルは古くなって捨てようと思っていたジョセフの冬のシャツをビリビリと引き裂き、それを胸に当て巻いた。さらし代わりだ。ぎゅうぎゅうにシャツを巻いて胸を抑える。さらしを巻くことで胸板がちょっとたくましくなった。余計に男の子に見えてしまう。

今までのミルはジョセフのお古を着ており、上半身用の下着など持っていなかった。ミルにとっていい下着ができた。

そんな日常だったので、ジョセフのいる家に戻るのは苦痛であった。そもそも、ミルには私物というものがほとんどない。だから家に帰らなくても特に問題はない。いつも着ているのはジョセフのお下がりだ。荷造りする必要も大きなカバンも必要ないのだ。八歳を過ぎれば下町の女の子だってワンピースやスカートを着ている。いつまでも男の子の恰好をしているのはミルぐらいだった。

母の着ていた物があるかもしれないと探したが、一切なかった。普通取っておくものだろうと思うが、父からは母の情報はまったくなかった。以前、ミルは母がどんな人だったのかと聞いたことがある。殴られた。生前の母のことを聞きたかったが、もういい。

ジョセフの店は下町の大通りにある。一棟一棟がひとつの店で住居だ。一階が店で、二階は居住スペースになっていてキッチンや食堂がある。三階は現代日本でいうリビングがあり、夫婦の寝室がある。そして四階にふたつの部屋がある。ミルはそのひとつを使っている。五階に行くと店側は屋根裏部屋になっており、その反対側は洗濯物が干せる小さな屋上になっている。それはどの住居も一緒だ。出入口はひとつで店のドアしかない。しかしミルには関係ない。時の精霊にお願いしたら、どこにでも行けるのだから。今夜出発しても構わない。

——さよなら、ジョセフ。クソオヤジどの。もう会うことはない。

「みんな！　行くよ！」

『『了解～』』

ミルは闇夜に消えた。

＊＊＊

その頃、ジョセフは小さくなったロウソクに火を灯し、酒を呷りながら金勘定をしていた。大抵はミルに任せているが、お金だけは触らせなかった。ジョセフは数枚の銀貨をチャラチャラさせる。

「意外と稼ぎがいいものだな。楽してこんなに金が得られるとは思わなかった。オレだって仕入れがうまくいくのに何年もかかったというのに。商人ギルドに代金を支払いに行ったときは、金額が間違いではないかと思うほど安かった。売れ筋の花を仕入れるようになったと思っていたが、まさかあんなに安く仕入れているとは……。子供は作っとくもんだな。ミルはもう十一歳か。背ばかりひょろひょろ伸びて他はまだまだ成長が遅いようだな。まぁ十一歳なら仕方ないか。もう少し待つか、楽しみはあとに取っておくものだ。しかし、最近のミルはいやに素直だ。ちょっと前までは反抗ばかりしていたのに……。諦めたか……でも悲壮感はない。あやしい……」

ジョセフはそのまま寝落ちしてしまった。

最近のジョセフはミルが仕入れから帰ってくるまで寝ている。毎朝ミルが部屋から下りてきて、市場に行く準備する物音で目を覚ます、そして出発をしたと確認したらまた寝るのだ。

しかしミルが下りてこない朝は一度も起きることなく、昼過ぎまで寝ていた。

ドンドン、店の扉を叩く音がする。

「ジョセフ、今日店は休みかい？　ミルの具合が悪いのかい！」

ジョセフは飛び起きた。慌てて店の扉の鍵を開ける。そこには八百屋《やおや》のジルやいつも借りている借馬車の主人がいた。

「ミルが朝、馬車を借りに来なかったよ。どうしたんだい？　こっちも予約を入れられている以上、借りてもらわないと困るんだよ。どうかしたのかい？」

借馬車の主人も商売だ。勝手にキャンセルされてはたまらない。キャンセルの場合は一日前までに言うことが決まりだ。ルールを破ることは契約違反である。その際は、違約金が発生する。

「待ってくれ。ミルが市に行っていない？　すまない。オレは今日、体調が悪くて今まで寝ていたんだ。ミルにはまだ会ってないんだよ。部屋で寝ているかもしれない。見てくるよ」

　そう言って、ジョセフは四階のミルの部屋に向かう。

「ジョセフ……。大きなお世話だろうがちょっとミルを働かせすぎじゃないかい？　まだ十歳だろう？　今日は疲れて寝坊しているのだろうよ」

　八百屋《やおや》のジルはジョセフのあとに続いてミルの部屋に向かいながら言う。借馬車の主人は、またあとで寄ると言って帰っていった。

「わかっている、ジル。ミルには本当にすまないと思っているんだ。しかし、身体が……」

「まだ、オレより若いだろうに。一度ロンじいさんのところに行ってみたらどうだ。そう何度も言っているだろう」

　ロンじいさんとは近所の錬金術師だ。

「い、いや、あそこのポーションは高いだろう」

「なに言っている。頭痛程度なら五ベニーくらいだろう」

「頭痛じゃない」

「そういうことじゃないだろう」

　ジルはあきれてため息をついた。

　ジョセフはミルの部屋の扉を叩く。いつもはしないが、今日はジルがいるのでノックをした。

「ミル、開けるよ」

ジョセフは返事を待たずに扉を開けた。部屋にミルはいなかった。ベッドは空で、すでに冷たくなっており、部屋にあったミルの数少ない私物もなにひとつなかった。

「いない。どこに行ったんだ」

開けっ放しになっている窓が風でギィギィといっている。ミルの演出だ。

ミルが行方不明になったことは、その日のうちにアッという間に近所に知れ渡った。ジョセフは一緒に捜してくれと近所の人たちに頼んだが、誰も捜そうとはしなかった。

「オレたちも忙しいんだ。自分たちの生活がある。兵士に任せろ」

そう言って拒絶した。

下町の人たちは薄情ではない。ミルは自分で出ていったのだとわかっていたのだ。最近のミルは、隣街への行き方やプレートのことをやたらと聞いていた。自分たちが助けてやりたいのは山々だったが、どう助けてやればいいのかわからなかった。経済的にもとても無理だった。そのため、ミルが父親から逃れる邪魔だけはしたくなかった。

ジョセフは兵士に、ミルは森に出てケガをしているかもしれない、あるいは攫《さら》われたのではないか、と捜索を願い出た。

しかし、近所に聞き取りをした兵士は家出だと結論づけた。捜索は二日で打ち止めとなった。ジョセフはそんなはずはないと反論したが却下された。そもそも夜は部屋にいたことをジョセフは確認している。そして店の扉から出ていないことも、ジョセフにはわかっていた。

窓を使って自ら出ていったのだろう。気がついたのが昼頃だとすると、朝、家を出たなら六時間以上、夜なら十二時間以上は経っている。駅馬車に乗って他の街に移動したならばもうこの辺を捜索しても意味がないと結論が出た。

＊＊＊

闇夜に消えたミルの転移先は真っ暗な森の中、いつも洗濯している場所だ。明かりをつけて人目につくと困るので、黒ちゃんにお願いして猫のように夜目がきくようにしてもらった。猫ってこんな風に見えているのかと感心する。

これであの父親とおさらばできるのだと思うと安堵した。お金を貯めるのに時間がかかってしまい、初めて殴られてから三年以上も経っていた。精霊にお願いをすれば売れる物を作ってくれるだろうが、まだ未成年だ。あまり派手に動き回ると目立ってしまうだろう。

若い頃なら目立ってなんぼという思いもわからんではないが、ミルの中身はおばさんだ。そんな思いはもうないのだ。平穏無事が一番である。

ミルは森で朝を待つつもりだ。本来、真夜中の森ならば恐怖を感じるだろうが、ミルには精霊たちが付いている。魔獣が出たら、精霊たちはなにも言わなくても瞬殺してくれている。本当に心強い。

心残りなのは、市場の人にも近所で親切にしてくれていた人たちにも挨拶できていないことだ。

ジョセフに勘づかれないために、誰にも逃げ出すことを伝えていない。仕方がないことだが、申し訳ないと思う。

ミルは暗い森の中で思いにふける。自分のことで精一杯だったここ数ヶ月の間に、お向かいの雑貨屋のルーイは十一歳になり、王都に旅立った。ルーイのお父さんの弟が王都で商売をしているらしい。三男のルーイはお父さんのお店は継げないのでその叔父さんのところに修行に出たようだ。ルーイの婚約者でもあるノアも一緒に王都に行った。ノアの叔母さんも王都で一人で店を営んでいて、ノアはそこで暮らすらしい。将来は二人でそのお店を継ぐ予定なのだとか。近所で色々と嗅《か》ぎ回っているうちにそんな情報まで入ってきた。

——ルーイ……。ずっと私のことを心配してくれていたやさしい幼馴染《おさななじみ》。ちょっと好きだったかな。中身はおばさんだけど、恋心くらいは許されるよね。ミルにとっては初恋になるのかな?

この国の結婚は、大体親が決めている。嫌いとかでなければそのままゴールインだ。ルーイのように十一歳で婚約者がいるのは早い方だが、ノアが王都に行くという情報をルーイの父が知り、婚約者としてルーイはどうかと打診したらしいのだ。ノアの両親もルーイならと承諾したという。

——ルーイのおじさんとは私もよく話はしていた。でも婚約の打診なんてなかったな。まあね、親も私じゃいやだったよね。そりゃいやか。プレートもない、学校も出ていない、そんな子が大事な息子の嫁なんていやよね。うんうん。いやだよ。初恋は実らないというし、大丈夫。今世の私は精霊チートがあるし、きっと私にも好きな人と結ばれる日が来るさ……

ミルは前世の頃から諦め癖が付いているので、切り替えは早いのだ。

まだ夜明け前、ミルはあまり眠れなかった。精霊たちがいるとはいえ、野宿は初体験だ。

――あまりいいもんじゃないね。もう移動しよう。とにかく早くこの街から離れたい。

ミルは起き上がり、出発の準備をする。といっても、川で顔を洗うくらいしかない。

「みんながせっかく作ってくれたものだけど壊していきたいの。森を元どおりにしてくれる？」

川の近くに洗濯場を設置し、菜園を作り、土で作った祠《ほこら》のようなものの中に草のベッドを作った。ここで生活できるのではないかと思うくらいの居心地のよさはあったが、すべて壊していくことにした。

『わかった～』

精霊はきれいに元どおりにしてくれた。

『よかったの？　残してもよかったのに……』

「いいの。この場所が誰かに見つかってしまったら困るもの。ごめんね。また新しい拠点で作ってもらっていい？」

『もちろん！　もっといいものを作るよ～』

土の精霊がオレンジ色の光を放つ。

小さな精霊たちが森の中を飛び回る。そして、魔獣が引っ切りなしに出てくる危険な魔の森、精霊たちは見つけたそばから魔獣を狩っていく。この一晩だけで二十頭くらい狩っている。

「また出たの？　本当に森って魔獣が多いのね。時ちゃん、お願い」

時ちゃんが魔獣を収納する。

「時ちゃん、みんなもありがとね〜」

『『なんの〜』』

うれしそうな精霊たち。

――いつもお願いばかりしていいのかとも思うけど、駄々洩れの魔力を摂取しているそうだし、いいのかな……いっか。

ミルは時ちゃんにお願いして転移をしてもらう。転移先は駅馬車停留所だ。東門の近くにある建物の隙間に、誰にも見つからないように転移する。

目的地は隣街のイージュレンだ。イージュレンは王都のひとつ前の街だ。イージュレンに向かうためには駅馬車を利用する。朝一でユロランからイージュレンに駅馬車で移動すると、昼過ぎには到着する予定だ。

イージュレンの門まで転移することも考えたが、どうやってここまで来たのかと問われるとちょっと面倒なことになりそうだったので駅馬車で向かうことにした。ミルはカバンを肩にかけると、駅馬車に乗り込んだ。駅馬車は十五ベニー。半日かかる道のりのわりに激安だ。これも国が三分の二を税金で出しているとのことだ。所謂《いわゆる》、市営バスみたいな感じだろう。国民のことを考えているいい国だなと思う。

専用の魔術具にスズカを掲げて本人であることが証明されると駅馬車のチケットが買えるシステムだ。誰が街に入ったのか、誰が街から出たのかわかるようになっている。なかなかのハイテクぶりだ。

ミルも自身の首にかけているスズカを出し、魔術具に掲げてイージュレン行きのチケットを購入した。スズカがあるというだけで自分自身の存在が証明されたような気がした。

第二章　新しい街で新しい人生の始まり

ジョセフのもとから逃げ出したミルは、半日ほど駅馬車に揺られ、ようやくイージュレンの街に到着した。時の精霊にお願いすれば一瞬で着くが、馬車に揺られて街並みや森の中を見るのは楽しかった。ミルは冒険者ギルドで借りたアパートに向かう。借りてから二十日ほどほったらかしにしている。鍵が付いているから大丈夫だろうと思うが、少々不安である。虫とか……

アパートの建物に入ると、ふと壁かけの小さな鏡が目に入った。映りはよくないがミルのお気に入りの紫の瞳が見えた。きれいな紫の瞳だが、教会やギルドの職員の話を聞くと、どうやら紫の瞳は珍しいようだ。多い瞳の色は、碧《あお》や緑だ。

紫の瞳は気に入っていたが目立つのはよくない。ジョセフが追ってきたときに紫の瞳だと聞き込みをされれば、すぐに自分にたどり着いてしまう。ミルは鏡を見ながら瞳の色を変えられないかなと、ぼんやりと考えていた。しばらくするとスウと紫色の瞳が碧《あお》い瞳に変わった。ミルは慌てて周りを確認した。周りに人はおらずミル一人だった。

ミルは安堵して精霊たちを見た。どうやら黒ちゃんが協力してくれたらしい。「ありがとう、黒ちゃん」と言うと、闇の精霊はポンポンと弾けた。

ギルドの受付のサムには紫の瞳を見られたかもしれないが、前髪を長くしてできるだけ顔を見られないようにしていたから、あまり印象に残っていないかもしれない。

「最初からこの瞳の色ですけど」という顔も忘れない。

そう思いながらアパートの階段を上っていくと、若い男たちが下りてくるのが見えた。あちらもこちらを見ているようだ。挨拶とかした方がいいのかな、と考えていたところ——

「おまえ、七階に入った入居者か？」

髪と瞳が真っ赤な青年に声をかけられた。中くらいの大きさの火の精霊が周りを飛んでいる。

「ああ、そうだ。今日から住むロゼだ。よろしく頼む」

ミルはやや低い声を出し、男の子っぽく名乗った。

「今日からだったのか。だからこれまで姿を見なかったんだな。よろしく。俺はセドだ」

「俺はニールだ」

「キシだ」

ニールは薄い水色の髪にブラウンの瞳をした優男《やさおとこ》、キシは金髪碧眼のイケメンだ。三人は六階に住んでいるようだ。

「歳は少し下か？　俺は十八だ。キシとニールは十七だ。半年ほど前からこのアパートに住んでいる。俺とキシはもっと田舎から来たんだが、ニールはコロルド出身だな」

コロルドはユロランのひとつ前の街である。

「俺は下町の出身だ。最近、家を出たんだ」
ミルが答える。この街の出身とは言ってはいないし、歳も言わない。
「そうか。なにかあったらなんでも言えよ。じゃ！」
――簡潔な男だ。嫌いじゃないぞ。
ミルはあまり自分自身のことを詳しく言わないようにした。ジョセフが捜しに来ても困る。三人と別れたあと、部屋に入る。少し埃っぽいが特に荒らされた形跡はない。荒らされても、なにもないのだが。
ミルは部屋にはなにも置かないと決めていた。すぐに逃げられるようにするためだ。全部時ちゃんに預ければ問題ない。
氏名　ロゼ
出身　イージュレン
生日　王暦四年十月二十七日
学卒　キノクス
精霊　水属性　大
この内容はスズカに入っているミルの情報だ。もうミルという名前はない。ミルは自分の誕生日がわからないため、十月二十七日生まれにした。スズカを作った日が二十七日。そして近所のルーイが夏生まれで、そのあとにミルが生まれたらしいので十月にした。さほど誤差もないだろう。
これから成人するまで男として過ごす。名前、出身地は捨てた。そしてこれは想定外だが、成人していると思われている。これも否定しないことにする。まだ十歳だが、すでに身長が百六十センチくらいあるのと、中身が初老と言われる年齢なので落ち着いて見えるのだろう。

――セドは十八歳だと言っていた。身長はすれ違った感じだとジョセフよりは低そうだ。キシやニールは、セドより少し低いくらい。ジョセフは三メートルくらいあったかな？　いやいやそんなにないか、百九十センチくらいかな？　まあ規格外に大きかったことは確かだな。見た感じ、セド以外は、あんまり鍛《きた》えてないかも……。ジョセフなんてマッチョだった。鍛《きた》えているところなんて見たことなかったけど、無駄な筋肉が付いていたな。花屋なのにって思ったんだよね。あれでやさしいお父さんだったらよかったのに……まっ、そんなことはもういいのだ、これからはロゼという名前でやっていく。

ミルという女の子はもうこの世にはいない。ロゼは男でも女でも通用する名前だろうと思い、ミルが自分でつけた。前世でのミルがワインのロゼが好きだったこともある。成人して女に戻ってもロゼで通用するだろう。初めて会った人に自己紹介をするときも、ロゼの経歴でする。うそをつくときは本当のことを混ぜるとバレにくいのだとか。ユロランの出来事をイージュレンでのことだと言っておけば大した差はないだろう。スズカを見せるであろうギルド職員には年齢がバレてしまうが、そこは仕方ないこととしよう。

――それに自分のことは話さない謎多き美少年ってちょっといいよね。ふふっ。それにしても性別の欄がないのには助かった。普通あるよね。見たらわかるからかな？

と、のんきなミル……いやロゼであった。

次の日から冒険者ギルドに通い、できる依頼をこなしていく。ラノベにあるような、テンプレトラブルもなければ押しかけ美女もいない。受付も若いお姉さんではなく、普通のおじさんだ。冒険者の階級も下級・中級・上級しかなく、長くやっていればいずれ中級・上級になれるのだ。上級になれたからといって特になにもない。ベテラン冒険者としてたまにギルドからの依頼が来るだけらしい。あまり特権はない。下級であっても、強い魔獣を狩ってきても問題ないらしいので、あまりランクにこだわらなくてもいいようだ。

ロゼは依頼をこなしながら、弱い魔獣を狩り、結界付近の森にしかない薬草を取ってくることでお金を稼いだ。森の中で土の精霊に頼み、即席のトイレや洗濯場、菜園、竈《かまど》もどきなど生活できるスペースを作り上げ、そこを拠点にした。食事も魔獣の肉や野菜を焼き、その場で食べた。夜はその残りをお弁当にした。お金は使わず貯め込む。これから冬になり仕事は減るので、備えなければならない。

ロゼが十一歳になる頃、イージュレンも冬になる。暖かい服とブーツを新調しなければならない。今まではジョセフの古着を何枚も重ね着して過ごしていたが、さすがに変に思われるだろう。

——お金はあまりないから安いコートを購入しよう。冬の間、頻繁に薬草を持っていくとおかしいだろうな。緑子ちゃんのおかげでたくさん薬草が作れているけど冬はどうしよう。資金が尽きるかもしれない。

ユロランと違って、イージュレンの冬は雪がけっこう積もるらしい。王都に近づくほど雪深くなる。イージュレンの住民は冬の間、ほぼ家の中で過ごすらしい。そのため、冬の食料や燃料の調達を秋くらいから始めなくてはならないが、ロゼはほぼなにもしていない。時の精霊の収納にたくさんの肉や野菜が詰め込んではいるのだが、燃料のことは頭になかった。だが今から森で適当に木を切り倒して水分を抜き薪《たきぎ》にすればなんの問題もないことに気がついた。

そして雪が降り始めた頃。今日で今年の依頼も最後かなと思いながら薬草と魔獣を買い取ってもらっていると、受付のサムから話しかけられた。アパートの部屋を紹介してくれたおじさんだ。

「ロゼ、毎日頑張っているな」

「ああ、サム。だけどもうじき冬だから薬草が取れなくなる」

「そうだろうな。冬の間はどうするんだ？」

「どうもしない。森に入って魔獣を狩るだけだよ」

「魔獣も真冬になれば出ないぞ」

「むっ、そうなのか……」

知らなかった。ロゼが困っていると、サムが続けた。

「なにも予定がないなら、ギルドで剣や弓の講習を受けるかい？　金は少しばかりかかるが」

「え？　そんなのがあるのか？　いくらだ？」

「一回五十ベニーだ。そこに予定表が貼り出されている。だいたい一、二年目の新人が受ける講習だ。安くてもきちんと教えてもらえるだろうよ」

「サム、ありがとう。受けるよ！」

ロゼは冬の間、剣や弓を学ぶことにした。一回とは月に一回払うということだ。

――まあ、習い事の月額料金と思えば安い方かな。講習は毎日、午前と午後にそれぞれ三時間ずつおこなわれている。安いな。

受けたい人が受けられるシステムだ。費用の半分は冒険者ギルドと教会から出ている。教会――つまり領主が出しているということらしい。教会と領主になにかあやしい繋がりがあるのかと思ったが、話を聞くと、教会はいわば役所みたいな役割を果たしているらしい。商人ギルドの方が役所っぽかったが、役所というものはこの世界にはなかった。比べても意味がない。

「よぉ、ロゼじゃないか。魔獣狩りに誘っても来なかったのに、講習は受けるのか？」

セドが嫌味っぽく話しかけてきた。以前、セドが狩りに誘ってきたがロゼは断っていた。

「ああ、剣や弓は習ったことないからな。習えるものなら習うさ」

「ん？　習ったことがないって、男は剣や弓は学校でも少しは習うだろう？」

キシが言う。

――え？　剣や弓を学校で習うのか？

「ああ、うちは母親が病気をしていてな、学校は休みがちだったからあまり習ってないんだ」

「そういうことかぁ。苦労してんだなぁ」

ニールが顔をしかめ、同情をする。

――危ない、危ない。なんとかやり過ごしたかな。余計なことを話すと墓穴を掘るな。まぁ、だからセドたちの誘いも断っているのだが。

「そういうことで誘いを断っていたんだな。ロゼおまえ、もうちょっとちゃんと話さないと誤解を招くぞ！」

セドがなにやら説教してくる。

――そういうこととはどういうことだろう？　なにか勝手に解釈しているな……

「お、おう」

なにやら噛み合っていないことは感じつつ、そう返した。剣や弓が使えないので、もしものときに迷惑がかかるから一緒に依頼はできない、とセドは解釈したらしい。

「セドは断られると思ってなくて、ちょっと傷ついたんだよな！」

キシがからかうようにセドの肩を抱く。

「はぁ!?　うるせぇよ!!」

キシとニールがセドを囲んでわちゃわちゃしている。

仲のいい三人組ねぇと思うが、おばちゃんはその輪には入れません。


冬の間、午前と午後に講習を受け、夜は部屋に戻り寝る――という、真面目か！　と突っ込みたくなるルーティンが出来上がった。元々性格は真面目なのである。昼ご飯は、もちろん森の中に行き、収納している肉を焼いて食べる。森の中はすでに雪景色だ。黒ちゃんと風の精霊たちに協力してもらい、身体に冷たい空気が当たらないようにしている。闇と風が混ざると、外敵や寒さも暑さも通さない強固な結界ができるようだ。いつか学会で発表しよう。いや、もう知っているができる者がいないのかもしれない。しかし、寒さも暑さも通さないのは季節感に欠けるので、ほどほどにしてもらっている。

セドに紹介してもらった服屋にも行き、ローブも購入済みだ。

「ここの出身なのになんで知らねぇんだよ」

と、言われたが、「下町から出たことがない」と言い張った。色々残念だと思われている。

剣と弓を習うことで筋肉もついてきた。初めての体験ですごく楽しい。この身体は運動神経もよく、腕力も人並み以上にあるようだ。きちんと教えてくれるので基礎がしっかり身に付いてきた。

まだ手合わせは模造剣だが、なんともゾクゾクする。弓も少し習うだけで的に当たるようになった。

女の子のままだったらこの体験はできなかっただろう。周りを見渡しても女の子はいない。最初から男に生まれたかった。

「おまえ、毎日朝も昼も講習受けているのか？　真面目だなぁ」

「セドたちは午前の講習は出てないな。午後もまちまちだし、いつもなにをしているんだ？」

「なにって……朝は寝ているな。午後からは気分だな！」

ロゼの前世は運動音痴だった。しかし、ロゼの身体はとてもよく動く。剣を扱ってもすぐにうまくなり、剣筋というものもわかってきた。そうなると、もうおもしろい。どんどん学びたいとなるのだ。セドたちは初心者ではないし、なにかしらの目的がないと億劫《おっくう》なのだろうな、と思う。

「俺は身体が細くて小さいし、技がないからちゃんと習いたいんだ。セドたちは身体がガッチリしているからそんなに習わなくてもいいだろう。うらやましいな」

ロゼはにっこりと笑いお世辞を言ってみた。

「おっへへ、まあな。俺たちはイージュレンに来るときも鍛《きた》えながら来たしな！」

――そうかい、そうかい。わかったから早くどっか行け。

「じゃあ、ロゼ。頑張れよ！」

肩をグーパンされ、セドたちと別れた。セドのような性格はおだてれば気分をよくする。早く話を切り上げたいときはおだてるに限る。

――まったくもってうっとうしい。成人になるまでの付き合いだ、仲良くする気はない。グーパンするな、痛いだろう！

ロゼは、講習で仲良くなった子たちと近所の店で一緒に昼ご飯を食べたりするが、そこまでだ。いい距離感を保っていこうと決めていた。

――成人したら女に戻るからな。男友達なんて必要ない、それより女友達がほしい。でも成人してからだな。

五ケ月も雪に覆われていた街もようやく地面が見えるようになり、春が近いことを教えてくれた。ロゼは毎日のように講習に行っていたおかげで、たくましく男らしくなった。

冬の間はほぼ無収入だ。そろそろ本格的に冒険者職に復帰しようかと講習が終わってから依頼書を見てみるが、近所の買い物代行や配達ぐらいしかなかった。

「よっ、ロゼ。もう依頼書を見ているのか。そういえば、三階の四人が来月アパートから出るそうだ。俺たちも五階に移動する。ロゼは今まで七階で大変だったろう？　俺たちと一緒の五階に来いよ！」

イケメンのキシがキラキラした笑顔で言ってきた。しかも、肩を抱いてくる。

――図々しいな……。勝手にさわるな。

ロゼはキシの腕を払いながらお断りをする。

「いや、いい。七階で問題ない。七階には竈《かまど》も風呂も付いているからな」

「ああ、ロゼはだから下の食堂にいないのか。下でみんなと食べるのもいいよ。楽しいし」

「いや、七階でいいよ。荷物まとめるのも面倒だし」

「手伝うよ？」

「いや、いい」

「頑固だな」

「キシもな」

「そうか……」

諦めたのか、キシは冒険者ギルドから出ていった。

――なにしに来たのか。ちょっと悪かったかな……でも七階は都合がいい。誰も来ないしね。別に竈《かまど》も風呂も使ってはいないが、詮索されるのは困る。なぜ、あんなに構ってくるのかよくわからない。ほっといてほしいのに。

十一歳のロゼはひょろりとしていて、とても弱く見える。実際は女の子だからそれで問題はないのだが、アパートにいる連中は男だと思っているので、言うなれば弟のように見えている。それにロゼは、ちょっとしたことでもどうしたらいいのか、この動きはどうだとか質問していた。

それは社会人にとっては常識で、わからないことは聞くということが前世で身に付いているせいだ。セドたちに限らず、近くにいる冒険者にはわりと気さくに話しかけていた。そのせいかは定かではないが、みんなにとっては可愛い弟のようなものなのだ。

ロゼのまつ毛は長く、大きな瞳で、上目遣いに話をしている（身長差があるせいだが）。それにちょっと父性本能を擽《くすぐ》られるらしい。しかし、実際のロゼはこの冬で剣や弓の腕をメキメキ上げ、小さな魔獣なら精霊に頼らなくても倒せるほどに成長していた。しかし、一緒に講習を受けていない者にとっては、年下の可愛いロゼのままなのだ。構いたくて仕方ない存在になっていた。

——変に絡まれるのはごめんだ。成人まで金を稼ぐ、それだけだ。中学生くらいの友達なんて大人になったら一切関わらないではないか。関わりがなくなるのにいちいち付き合っていたら面倒でしかない。中身がおばさんだからか色々と淡泊なんだよね。そこは仕方がないよね。

問題がそこではないことをロゼはわかっていない。

暖かくなり本格的に活動再開することになった。森に行き栽培している薬草を採取していると大きな気の乱れを感じた。

「なにか感じる。森のもっと奥かなぁ。なにかわかる？」

精霊たちに聞いている。

『大きな魔獣がいるよ。行ってみる？』

契約している精霊が言ってきた。

「そうなんだ。行ってみようか」

森の中に入っていく。しばらく歩いていくと大きなクマの魔獣が暴れていた。

「すぐ近くかと思って見に来たけど、けっこう遠かったね」

森の奥に向かって四十分くらい歩いた。

『感知能力がまだ未熟なのよ。もっと経験を積めば距離感もつかめるわよ』

そう時ちゃんが教えてくれた。

「感知能力とかあるの、私！　チートぉ！」

『なにのんきにおしゃべりしているの。魔獣がこっち来るよ！』

ひのちゃんが珍しく慌てている。最近は修行のためにロゼが自分で倒すから手を出さないようにと言っていた。なので誰もまだ攻撃をしていない。

三メートルくらいありそうな大きなクマの魔獣だ。なにかに怒っているのか近くにある木をなぎ倒している。その距離二十メートルもない。冬に習った技で勝負しようかと購入したばかりの安物の剣を構えるが、近くに来るとやっぱり怖い。

「こわっ！　無理！　やっぱり怖いよ。水ちゃん、いつもみたいにお願い！」

『う～ん、なんか気が強くてちょっと無理みたい』

水ちゃんが攻撃した力が撥《は》ね返ったように見えた。魔獣は攻撃されたとわかったのか、木をなぎ倒しながらロゼの方向に向かってくる。

「無理？　無理なの？　じゃあ帰ろうかな」

ロゼが逃げようとしたそのとき、火の塊が飛んできて目の前の木に当たり爆発した。クマの魔獣の口から火の塊が放たれたようだ。

——なにこれ、某怪獣映画みたい……

ロゼは木の陰にいたため、爆風は逃れられたが、魔獣とはもう十メートルほどの距離だ。

「水ちゃん、鉄砲みたいに脳天を狙って撃ってよ！」

『え？ 鉄砲ってなに？』

「え？ 鉄砲だよ！ バギューンって感じ！」

手を鉄砲の形にして構えて見せるが、精霊たちには通じない。

『全然わかんない！ ロゼに任せるから勝手にやって！』

「勝手にやってってどういうこと!?」

クマの魔獣はもうすぐそこにいる。魔獣が振り向けば見つかるだろう。精霊に勝手にやってと言われた直後、身体の中が熱く感じられた。ロゼは手をピストル型にすると魔獣の頭に狙いを定めた。

そして、ピストルを発砲するイメージを精霊と魔力に重ねた。

ロゼの構えた指先で水がクルクルと蠢《うごめ》き合う。そして、勢いよく発射され、やがてクマの魔獣の脳天を突き刺した。魔獣の頭を貫通したようだ。しばらく魔獣は身動きしなかったが、やがて大きな音を立てて倒れた。

心臓がバクバクしてロゼはその場から動けずにいた。

ロゼは一息ついてから魔獣に近寄り、絶命しているのを確認した。

――あれはなんだったんだろうか？

身体が熱くなり、素手で魔獣を倒した。実際は素手ではないが。今までは、精霊たちが好き勝手に魔獣を倒していた。風だと吹き飛ばしたり、火だと丸焼き、水だと水攻めか水圧で首を切り落として絶命させたりしてきたが、今回はちょっと違う。

魔獣の魔力が大きく強すぎて精霊一体の力では抑えられなかった。もちろん精霊はたくさんいるのだから協力していればできたかもしれないが、そもそも命令しないと精霊は力を出さない。勝手にやっているロゼの精霊が異例なのだ。

ロゼはいつもの水圧で魔獣の首を切り落とせないかと思ったのだが、一番強い精霊の力でも撥《は》ね返されたようで、水ちゃんはアワアワしていた。なので水圧を圧縮し、鉄砲のように一瞬で貫通するような感じで魔獣を倒せないかとその場で考えた。だが、精霊に伝わるわけがなかった。言うなれば水鉄砲だ。その名前自体はおもちゃのようで可愛らしいが、水の威力は固い鉄をも貫通するのだ。魔獣の頭ぐらい狙えばやれるだろうと簡単に思っていたのだが……

あの魔獣を倒したとき、精霊と自分が合体しているみたいだった。ロゼが精霊の力を使い水鉄砲を発砲させたようだった。

――もう一度やってみよう。

手をピストル型にして構える。集中してピストルを撃つ様子をイメージする。先ほどのように指先で水が蠢《うごめ》き合う。シュッという音とともに木に命中した。幹を貫通したせいで向こう側が見える。

また手をピストル型にして構える。今度は火が発射されて木が燃えた。慌てて大きな消防車のホースをイメージして木に水をかけた。

ロゼは茫然《ぼうぜん》とした。

――精霊にお願いをしていないのに、水や火が出せた。私がしたことだ。あれ？　これって普通のことなんだろうか？　今までは精霊にお願いをしていた。そのお願いを聞いて精霊が実行していたのでは？　あれ？　私の考え方が違っていたのかな？

精霊たちを見る。なに？　という顔をしている。

「これって普通のこと？」

『これって？』

「私がイメージしたことが現実になったこと」

『……それが魔法でしょ？』

「え？　これって魔法なの⁉」

『魔法じゃないならなに？』

「えっと……精霊にお願いしたこと……？」

『だから、それが魔法でしょ』

――よくわからない……

「そ、それって魔法ぉ⁉　私って魔法を使っていたの⁉　じゃあこれまでもお願いしなくてもイメージをしていたらできたってこと⁉」

『そうだね……』

精霊たちは今頃この人はなにを言っているのかと微妙な顔をしている。

ラノベはたくさん読んでいて魔法はイメージが大事と知っていたけれど、いざ自分がその立場になるとまるで頭になかった。精霊にお願いをして生活水準を上げられるだけだと思っていた。

――やっぱり年寄りの頭は固いのかしら。

『まぁ、ロゼは私たち精霊が見えているわけだからお願いするって思っちゃったんじゃないの？普通の人間は私たちのこと見えないからお願いとかしてこないし』

『そーそー』

うんうんと精霊たちが頷いている。

「え？　普通の人は精霊が見えてないの？」

『あれ？　その話していなかった？』

精霊たちは一斉に傾いている。

「いや、どうだったかな？　したかな？　私以外、人型に見えないんだっけ？」

――精霊チートだよね。

『人型というか、なにも見えていないと思うよ』

「え？　光も見えてないの？」

『うん』

うんうんとまた精霊たちが頷いている。

「じゃあ話せるだけ？」

『……最近ではロゼ以外の人と話したことないよ……』

「え⁉　話せない⁉　じゃあ意思疎通ってどうやってするの⁉」

『だから、イメージでしょ』

「えー！　イメージ？　それもイメージ！　なんか根本的にちがーう‼　みんな最初から頭でイメージして魔法を使っていたんだ。精霊＝魔法っていう考え？　私の考え違いなのか……」

ガックリと項垂《うなだ》れる。

『し、仕方ないかもね。まっ、今わかったんならいいじゃない』

落ち込んでいるロゼを、精霊たちがどうにか慰《なぐさ》めようとしている。

「それもそうね。でも初めて魔法を使った感じがした。そうか、これが魔法かぁ」

あっという間に立ち直るロゼ。

――そういえば、ルーイが初めて魔法を使ったとき、興奮していたな。あれはこういうことだったのだ。確かに精霊が見えない状態で魔法を使ったんだとすれば興奮する。今の私も興奮している。

クマの魔獣を解体して時ちゃんに収めてもらおうとしたとき、はっとして（収納する）と頭の中でイメージしてみた。解体したクマの魔獣は一瞬にして消えた。

クマの魔獣を自分の水魔法で倒したわけだからこれは売ってもいいだろうと思い、人が少ないであろう時間帯を選んで精算してもらうことにした。冒険者ギルドに着き、袋から肉と毛皮、牙や爪、魔石などを出していくとギルドの職員たちが集まってきた。

「これはクマの魔獣だろう。しかも大きい。どこら辺にいた？　街の近くか？　こんなのが出てきたのならまだ何匹かいるかもしれない。討伐隊を立てるか！」

真っ赤な髪をなびかせて、ガタイのいい強面《こわもて》の元気なおじさんが顎鬚《あごひげ》を触りながら言う。

「そうだな。早い方がいいかもしれないな。ロゼ、どの辺にいたか詳しく教えてくれ」

いつも精算してくれているムカイが言う。

――困った。場所なんて覚えてない。感知能力で察知してフラフラと向かっただけだ。

「よく覚えていない。ただ森の中をずいぶん歩いていたと思う。薬草を探していたから」

「え？　そんな森の中に入ったのか。いくらなんでも一人で危ないだろう」

ムカイが顔をしかめる。

「街の近くじゃないのか？　なら見回りぐらいで討伐隊は見送るか……」

ガタイのいい強面《こわもて》のおじさんが言う。

「ロゼだったか。俺はギルドマスターのレオンだ。あんまり無茶をするなよ。最近いい薬草を持ってきてくれると、錬金術師たちも喜んでいたが。しかし、これをどうやって倒した。ずいぶんきれいに倒しているな」

眼光鋭くロゼを見る。

――おっ、ギルマスのおでましか。ラノベにもよく登場するな。私が主人公だとして、このギルマスは味方になってくれるのかな。それにしてもイカツイ顔だ。

「水で……」

――多くは語らない戦法だ。勝手に理解してくれたらそれでいいし、詳しく聞きたければ聞いてくるだろうしな。

前世では聞いてもいないことをペラペラ話して墓穴を掘ることが何度かあった。

――もう面倒なことに巻き込まれるのはごめんだ。聞きたいことがあれば真摯《しんし》に聞いてくれ。

「水？　属性か？　水でこんなにきれいに倒せるのか？　わからん。……教える気がないってことか？」

黙っていたら非協力的だと思われたようだ。

――聞いてくれれば説明するのに……。でも聞いてこないな。

「わかった。いいだろう。若さってことだな。まぁいい」

そのままどこかに行ってしまった。

――中身はおばさんですから、若いからではなく性格ですかね。

「なにか言えない事情があるのか？」

ムカイが聞いてきた。ムカイも倒した方法を知りたいらしい。

「事情？　特にないが……」

「じゃあ、なぜ教えない？」

「聞かれていないだろう」

「聞いただろう！　どうやって倒したか！」

「だから言ったろ？　水だと」

「水でどうやって倒したんだと聞いているんだ！」

「それは聞かれてない」

「はぁ？」

「そこまで聞かれてなかっただろう？」

「……じゃあ水でどうやって倒したんだ？」

「魔獣の頭に水で一撃、撃ったんだ」

ピストル型をした指をこめかみに付け、撃つしぐさをする。ちょっとかっこつけた。

「打った？　そんなので倒せるわけはないだろう！」

——あっ全然通じてない……これ以上は不毛だ。

「……そんなことより早く精算してくれないか？」

「え？　あぁ……ちょっと待ってろ」

ムカイは慌てて精算に取りかかる。

——あぁまずった。クマの魔獣を持ち込むんじゃなかった。初めて自分の魔法で倒したから気分がよかったのだろうな、私は。自慢したかったのだろうな、私は。注目を浴びたかったのだろうな、私は。どうやらずいぶんと浮かれていたようだ。失敗、失敗。しかもなんかたまたまいたギルマスに目をつけられてしまった。今まで感じのよかったムカイにも不快な思いをさせたかもしれないな。

まぁ仕方ない。今後は大人しく薬草で生計を立てよう。

と、思っていたら、クマの精算は全部で金貨五枚にもなった。初めての金貨だ。

「わっ！　こんなにもなるのか!?」

珍しく子供のように喜ぶロゼの姿を見たムカイは、少し呆れていた。

「当たり前だろ。こんなに大きい魔獣だ。きれいに倒しているし。だからおまえの倒し方を知りたいんだよ」

「なるほど。でも別に秘密でもなんでもないよ。知りたければ教えるよ。言葉ではムリだけど。でもそんときは有料な。ふふ」

「あぁ。言葉では難しいってことね。そういうことか。わかったよ」

ムカイは喜んで帰るロゼの後ろ姿を見送った。

金貨一枚で十万円ぐらいの価値がある。その金貨が五枚だ。

――大人しく薬草で生計を立てようと思っていたけど、金貨五枚って。つまり五十万円。クマ一頭で？　たまにならいいかな？　二ヶ月に一回とか……。大きい魔獣が感知できたときだけとか……

ロゼの目標は成人までに十万ベニーを貯めることだ。つまり一千万円、金貨百枚だ。稼いだ金はほとんど使っていないから、すでにギルドの銀行には七千ベニー貯まっている。しかし、成人まで目標金額を貯めるには、年に二万五千ベニーは稼がないとならない。

この世界の一年は三六四日、月にすると十三ヶ月、一ヶ月は二十八日で一週間は七日だ。曜日は、時・緑・土・火・水・風・闇の順番で、闇の日が休日だ。

一年といっても、冬の四ヶ月間は稼げない。九ヶ月で二万五千ベニー稼ぐ計算だ。

――一頭五十万円なら一ヶ月一頭だとして九ヶ月で四五〇万円だな、むふふ。しかしさすがに目立つか……。目立ってしまっては年を誤魔化している意味がなくなる。コツコツと稼ぐしかないか……。まだ十一歳だから稼ぎはこんなものだろう。十万ベニーも目標額であって決まり事じゃないしね。

ロゼはベッドの上で、憧れの金貨を眺めている。金貨には現王マクシミリアン国王の横顔が描かれてあった。

——とてもきれいだ。純金だ。これが王様だな。鼻が高くて顎《あご》のラインがシュッとしていてイケメンだな。

次の日からも、ロゼは小さい魔獣と薬草の依頼をコツコツとこなしていった。金貨五枚は魅力的だが、やはり堅実にやっていくことに決めた。ロゼはまだ十一歳である。見た目は十五、六歳に見えるようだが、調べられれば成人でないことは明るみになる。そうなれば、「我こそがロゼの里親になろう」とか知らない輩《やから》から言い出されるかもしれない。いい金づるだと思われるに違いないのだ。やっとジョセフから逃げ出したのに、誰かに縛られるのはもうごめんである、とロゼは思っていた。

ロゼの基本的な稼ぎは、小さな魔獣と薬草で一日四十〜六十ベニーくらいある。夕方には別の依頼をチビチビとこなしてはいるが、それを合わせても月に約二千ベニー稼げればいい方だ。日本でいえば大卒初任給くらいの金額だろう。アパート代を除くと、そのほとんどの額を貯金できている。たまに大きい魔獣を狩れば、四年もあれば目標金額になるだろう。慌てることはない。

身体を壊さないように闇の日はキッチリと休みを取っている。自己管理もばっちりである。スマホもテレビもないので、ものすごく暇ではあるが。

ロゼは森に入るようになってから、あまり身ぎれいにしないようにしている。腕や首、顔には、煤《すす》と泥を混ぜた物を薄く塗っている。そうすることで少し小麦色に焼けている肌にしたかったのだ。

そもそもこの世界の貧しい住民は、風呂にそんなに入らない。風呂は各家にあるわけではない。街に数軒、銭湯のような場所があるだけだ。そこに入るのも、金がいる。

貧しい住民はたまに身体を布で拭うぐらい。子供たちは遊んだり手伝いをしたりしているので、いつもドロンコだ。ロゼもその延長だと思わせている。

さらに男の子らしく凛々《りり》しく見えるように眉を煤《すす》で太くなぞっている。髪もきれいな銀髪を煤《すす》で黒くしていた。小汚くしているのはロゼが美形すぎるからだ。これでは男の恰好をしているのに男からもモテそうだ。それではなんのために男装しているかわからない。

「風呂に入れよー。女にモテないぞ」

結果、セドから謎のアドバイスをもらってしまった。モテなくていいのでお構いなく。

＊＊＊

ムカイが素材の処理をしているところにレオンが入ってきた。

「おお、あの魔獣の素材か？　いくらした？」

「いや、これは違う。あの素材はすでに領主に渡った。あんなにきれいな素材はなかなか手に入らないそうで、金貨十二枚にもなったよ」

　ムカイは素材を見ながら言う。ムカイは三十歳前で、オレンジ色の髪と緑の瞳を持つ癒《いや》し要員だ。たれ目でほっとする容姿をしている。

「そんなにしたのか。あの坊主に五枚しか渡してないんだろう？」

「まさか十二枚になるとは思わなかったし、俺もちょっと目利きが悪かったよ。普通のクマの魔獣なら一枚もしない。大きくてきれいな処理だったから破格の五枚だったんだ。けっこう色をつけた方だったんだが」

「そんなにか！」

「ああ、この魔石を見てくれ。俺たちが扱う魔石は普通はこんな感じの赤色だ。だが、ロゼが持ってきた魔石は大きく、濃い赤い色をしていた。濃い色の魔石は魔素が濃いところにいる魔獣からしか取れないのだそうだ。魔石の色の濃さなんて見てこなかったから驚いた。確かに今まで見たことがない濃さだっただろう？」

「確かにな。しかし、その情報は聞いたことないな」

「買い付けに来ていた領主お抱えの魔術師が言ってたよ。そんなことは常識だとバカにされたな」

　ムカイは眉を下げて苦笑いをしている。

「俺も知らなかったぞ。まぁこの辺の冒険者は森の奥なんか行かないからな。奥に行けば行くほど魔素が濃くなるし、魔獣も頻繁に出てくる。必要があれば、領主のお抱え騎士様たちが森の奥深くまで行って狩ってくるわけだしな。俺たちには関係ない。しかし、そんな危険な場所、あのクソ坊主には危ないだろう。たまたま狩れたからいいが、いつか死ぬぞ」
口は悪いが気のいいレオンである。

「確かに。金貨五枚もうれしそうに持って帰ったよ。金貨に目がくらんで危険なことをしなければいいけどな」

「若いからな。あの坊主はいくつだ。十六か十七か？」
レオンが聞いた。

「さぁ知らん」
ムカイは首を傾けながら返事をした。

「なぜ知らない？　精算時にスズカを見たらわかるだろうに」

「忘れたのか？　ちょっと前にどこかの街で、若い冒険者に不当なピンハネして捕まったギルド職員がいただろう？　あれのせいで冒険者ギルドでは年齢が確認できなくなった。別に年齢なんてどうでもいいからいいけど」

「ああ、そうだったな。見た目が若かったら意味がないと思うが……しかし、あれは生意気だな。魔獣をどうやって倒したかわからん。首根っこ捕まえて聞き出すか……」
レオンは顎鬚《あごひげ》を撫でながら物騒なこと言っている。

「いやいや、ダメだろう。余計に言わないだろ。普通にいい子だよ、ロゼは。ただ口下手なだけだ。有料なら教えてもいいって言っていたぞ」

「なんだ、そうなのか。秘儀じゃないのか……有料ねぇ」

＊＊＊

「おい！　ロゼ！　おまえクマを倒したそうだな。すごいじゃないか！」

セドである。

「そんなあからさまにいやそうな顔をするなよ」

イケメンのキシが呆れた顔で言う。

「……どこかに行っていたんだっけ？　静かでよかったが……」

「ああ、ユロランまで荷の護衛をな」

優男《やさおとこ》ニールが噴き出しそうな顔で教えてくれた。

護衛といっても結界を張ってある街道には魔獣は出ないし、強盗も出ない。そもそも強盗はこの国にはいない。護衛は病人が出た場合やなにかのときのトラブル対応要員だ。

「ロゼも一緒に行っていいんだぞ。護衛の仕事の方が早く稼げるだろう？」

キシがロゼを誘ってくる。

「護衛なんてできないよ。馬にも乗れないし」

「護衛なんて形だけだぞ。馬だって冬の間、ギルドで習えるし」

ニールが言う。

「馬の乗り方も習えるのか。じゃあ次の冬は馬を習おう」

パアッと顔を明るくしてロゼは返事をする。

「ああ、そうしたらいい」

ニールもキシもやさしい笑顔で答える。

「来年は一緒に護衛に行けるな」

「いや、行かないし」

「「なぜだ！」」

和気あいあいとキシとニールと三人で楽しく話をしていると、セドがなぜか怒り出した。

「いや、俺の話は無視かよ！　クマの話を教えてくれ！」

「たまたま出くわしたんだよ。いい金になった」

「あんまり無茶して森の奥まで行くなよ」

ニールが弟を心配するように言う。

「ああ、わかっている」

「それでな、冬の間、錬金術の講習もしているんだよ」

「え？　錬金術も。それも習おう」

「どんだけ習うんだよ！」

キシが呆れたように笑う。ニールもロゼも笑う。セドだけ怒っている。

「いや！　クマの話！　詳しく教えろって！」

「別に大した話はないよ」

「たまには昼飯付き合えよ。セドが奢《おご》るから」

キシがセドの方を見て笑う。

「そうか、ありがとう」

ロゼは素直に礼を言い、セドに笑いかける。

「ま、まぁ昼飯ぐらいいいけどな」

なぜか照れる、セド。たまには、若い輪の中に入るのも悪くない。

夏が過ぎ、秋が近づいている今日この頃。ロゼは相変わらず一人で依頼をこなしていた。たまに一緒に依頼をしないかと誘われたが、何日も街から出る仕事などは断っていた。

いつどこで誰に会うかわからない。そもそも成人していないと街から何日も出る依頼は受けられないという決まりがあるらしい。そのときに年齢を確認されるようだ。

ロゼは今まで特に年齢確認をされていないようで、受付のサムや精算のムカイもロゼの年齢は知らないようだった。

――ギルド職員にも年齢はバレてなかったのか。バレても今までどおりなら問題ないけど、なんか面倒だからこのままでいいか。聞かれるまで黙っていよう。

「ロゼ、今日はもうこれで終わりか？　ギルマスから話があるらしい。上まで行ってくれるか？」

精算を待っていると、ムカイから声をかけられた。

「わかった」

面倒だと思いつつギルマス室に向かう。足取りは重い。コンコンと扉をノックする。

「ロゼだ」

「入ってくれ」

中に入ると、机に向かっているレオンがいた。なにやら書類が溜まっている。

「呼び出して悪かったな。冬の間だが、なにか予定はあるか？　頼みたいことがあるんだが」

レオンはロゼに椅子に座るよう促《うなが》す。

「頼みごと？　冬は色々な講習を受けようと思っているが……」

「ああ、講習か。なんの講習か聞いてもいいか？」

「乗馬と錬金術だ」

「んーそうか。講習の間に時間を割《さ》いてくれると助かるが」

「内容による」

「水で打つか？　前にクマの魔獣を倒した技を講習に組み込みたいんだ」

「ああ、あれか。俺が教えるのか？　いくら出す？」

「一人三百ベニーだ」

一人三万円だ。

「そんなに出すのか！」

「ああ。来年な、森に入って魔獣を間引きせにゃならん。五年に一回のペースで実施しているのだが、毎回大勢の若い奴らが死ぬんだ。それを少しでも食い止めたい。協力してほしい」

そう頭を下げられた。

「頭を上げてくれ。金がもらえるならそれでいい。講習の時間割を考えてくれるのであれば、その依頼を受けるよ」

「おお、助かった。おまえも来年間引きに参加してくれるだろう？　金もいいぞぉ」

「えっ、やだよ。怖いし……」

「はぁ？　怖いってなんだ。あんなデカいクマの魔獣を倒しといて」

「だからたまたまだよ。あれ以来、森の奥には行ってない。そもそも団体行動が苦手だ。あれやこれや指示を受けるのも好きじゃない」

「そ、そうか。派手に魔獣を狩れて稼げるからいいと思うが……」

レオンは唖然《あぜん》としている。

「じゃあ、日程は調整をしておく。冬の間よろしく頼む」

「ああ」

ロゼはギルマス室をあとにした。

＊＊＊

「ムカイ、小僧は帰ったのか」

「ああ、帰ったが、話は終わったんだろう？　なにかあったのか？」

休憩中のムカイにレオンが話しかけてきた。

「話は終わったがね……。あの小僧はよくわからん。どういう奴だ。来年の間引きには参加しないと言われた。その理由が怖いからだと。なんだそれは。俺の眼光にもビクリともしなかった奴が。理解できん」

「眼光って……ビビらなかったから生意気だと思ったのか？」

呆れるムカイ。

「いや！　普通ビビるだろ！　十六、七歳の若造がこの俺に睨まれてるんだぞ！　なんて可愛げがないんだ！」

「いや、知らん。そんなことより間引きはロゼに期待していたんだが……。あれ以来、大物の素材も持ってこなくなったしな。まぁ無茶をしていないのなら、それでいいのだが。そういえば、日数がかかるような依頼は断っているという話を聞いたな。なにか理由があるのか……」

「よしムカイ、探れ！」

「えっ、やだよ」

「なぜだ！」

「なんでオレがそんなことしないといけない？　そもそも間引きは自由参加だ。講習を引き受けてくれるのであれば、なんの問題もない。間引きに参加してほしくば、いい条件を提示するしかない。怖いというより体よく断られただけだろう」

「ぐっ、そうか……」

レオンはムカイに言われて、ロゼに軽くあしらわれていたことをようやく理解した。ムカイにも軽くあしらわれていることは気がついていない。

＊＊＊

『教えるの？　魔法を？』

精霊たちが同じ方向に傾いている。可愛い。

ギルドのアパートに戻る途中で精霊たちに話しかけられ、ロゼは頷いた。

「イメージをね」

精霊たちはいまいち理解ができないようだった。

「みんなもピストルのイメージを知らなかったでしょ？　それを教えるの」

『『なるほどぉ』』

キラキラ飛び回る。この光景がロゼはすごく好きだ。

——それにしても一人三百ベニーかぁ、冬の間は無収入だと思っていたから助かった。間引き用と言っていたから三十人は来るだろうか？　これはデカイ。三十×三百で九千ベニー。九十万円！

わお！　金貨九枚はもらえるな！

どうしても日本円で計算する癖が抜けないロゼである。

『ロゼ、鐘の音に遅れるよ』

時ちゃんが教えてくれる。

「あっそうだ。準備しないと。忘れるところだった。ありがと。時ちゃん！」

時の精霊はにっこり笑って飛び回る。

アパートに戻ると七階のフロアに待ち人がいた。紫がかった銀髪に紫の瞳、高級そうな黒のローブを身に着けている。こんな下町にいること自体がとてもあやしい。

「ああ、もう来ていたのか。すぐ準備する」

ロゼは気軽に声をかける。

「いや、気にするな。待っている」

ロゼは自分の使っている部屋ではない扉を開けて入った。そして、あやしいローブの男を招き入れた。ロゼは使っていない七階の部屋をこじ開けて勝手に使っていた。ベッドにクローゼット付。ロゼの部屋と同じ間取りだ。空き部屋のベッドの上に魔獣の魔石や肉、牙、角などの素材を並べ、クローゼットにはなにかの魔獣の毛皮を数枚、干している。

「今週はこんなものだよ」

「おお。すばらしい。どの魔石も濃く深い色合い。すばらしい。すべていただくよ」

「まいど。いくらだ？」

「んー金貨で十四枚だな」

あやしいローブの男は言う。

「なら金貨十五枚にしてくれよ。切りがよくていいだろう？」

「足元を見る……いいだろう。来週も頼むよ」

「ああ」

男が金貨をロゼに渡すと、一瞬にして素材がその場から消えた。そして男も消えた。

――今週は金貨十五枚かぁ。夏の間、ずいぶん儲《もう》けさせてもらったな。来年は森に入って魔獣を間引きすると言っていたからその期間は休もう。鉢合わせすると面倒だ。

初めて狩った大グマの魔獣は一頭で金貨十二枚だったらしい。ギルドからあの男が購入してくれたようだ。しかしあんなに大きな魔獣は、なかなかお目にかかれないのだそうだ。

その大グマ以降はロゼも小粒な魔獣を数頭しか狩っておらず、金貨もそれなりだ。

大きな魔獣がいそうな森の奥まで行けばいいのだが、それもそれであやしまれる恐れがあるため、ロゼは小粒の魔獣数頭のみで精算をしている。それでも大儲けだが。

時空から夏の間に貯め込んだ金貨をすべて、自分の部屋に出す。金貨がチャリチャリと積み上がる。合計で百四十枚の金貨だ。目標金額は達成しているが、金貨は別だ。イケメン付きの金貨を集めるのはもはや趣味みたいなものだ。積み上がった金貨を見ながらニヤニヤするロゼに、精霊たちは同じ方向に傾いている。

『あの人いきなり現れてびっくりしたよね？』

『時ちゃんは誰か来るよーって言ってたよ』

『そーだっけ？』

精霊たちが話を始めた。

「ああ、あの男ね。確かに七階フロアにいきなり現れたときはびっくりしたね。まさか領主お抱えの魔術師様とは。しかもけっこう強い時ちゃん付き。髪も瞳も紫だし、しかもそんな人がギルドを介さない闇取引を持ちかけるなんて」

領主に仕える人間がそれでいいのかと思ったが、まさかムカイがひどいピンハネをしているなんて思わなかった。話を聞いたときは怒り心頭だったが、田舎のギルドの目利きなどそんなものだと魔術師は言う。

どこのギルドも大体の売上金額を見越して精算をする。一、二割の手数料や税金を持っていかれるのは仕方がないのだ。しかしまさか売上が精算の倍以上の金額になるなど想定していなかったのだろうと言われた。

ギルドに依頼すると、よい素材は手に入りにくいし時間もかかる。そんなときされいな大グマの魔獣の素材が手に入った。ギルドに依頼するより、倒した人物を探し出し直接依頼した方が早いと考えたようだ。そしてすぐに見つけて直接交渉にいらしたわけだ。

迂闊《うかつ》だった。まさか身バレするとは思わなかった。しかも家に来た。個人情報は無視かよと思う。素材が集まれば変な詮索はしないと約束はしてくれたが、どこまで信用できるかわからない。でも変に騒ぎ立てて逃げられるより、詮索せず、よい素材が手に入る方が好ましいと考えているようだ。

むむむ、とロゼは考える。

一　よい素材が手に入り、それを使って錬金術師がなにかを製作する。

二　それを魔術師が使い、よい仕事をする。

三　領主がその働きを喜ぶ。

四　ロゼは金貨をもらって喜ぶ。

――まさに一石四鳥！　ウィンウィンウィンウィンではないか！　週に大体金貨十枚。魔獣の大きさにもよるが。むふふ、来週はもっと奥まで探しに行こうかな。

金貨に目がくらみ、都合のよいことを考えるロゼであった。

第三章　冒険者二年目、ロゼ、講習の先生になる

ロゼは秋に十二歳になった。十一月上旬、雪が降り始めたため、魔獣狩りは春までお休みだ。今年の冬は講習で忙しくなりそうだ。

時・土・水の日、午前・午後にロゼが教える講習日。

緑・火の日、午前が乗馬の講習日。

緑・火・風の日、午後から錬金術の講習日、風の日の午前はフリーだ。

――キツキツに詰め込んできたな。しかも私が教える講習が多い。週に三日もあるのか。

予約制ではないので、みんな来たいとき、来られる日に来るのだ。そのため、講習日を多めに取ったのだそうだ。講習を一回受ければ取得できるというフレコミもあるようだ。それは本人次第だと思うが。

募集をかけたら一五八人の応募があったという。水・火・風・土の属性なら誰でも講習は受けら

れるとしたので、冒険者ではない人たちや女性も多くいるらしい。

一五八人×三百ベニー＝四万七千四百ベニー、四七四万円だ。金貨四十七枚に大銀貨四枚で、五回の分割で支払われることになった。毎月一日に九千四百八十ベニーがロゼの口座に入金される。

ギルドの練習場はそんなに広くはないので、一回の講習で十名までとすることにした。早い者順だ。一、二回講習を受ければ取得できそうだということもあり、初日は七名ほどしかいなかった。

その中にセド、キシ、ニールのご陽気三人組もいた。

「なんだ〈クマを一撃で倒せる技が身に付く〉の講習の先生はロゼだったのか！」

──なんだそのネーミングは……

「なんだー、それなら百ベニーも払わなくてもよかったよな。友人枠で無料だ」

カカカっと笑うセド。

──ギルドは個人から百ベニー徴収して、三分の二はギルド持ちなのか。そんなんでやっていけるのだろうか？

「なんで無料なんだ。そんなわけないだろう。ギルドを通してないなら割高だ」

冷たく言い渡すロゼ。

「あのガキが講習の先生なのかよ」

今度は講習に来た生徒たちがピリつき出した。

「おい、おまえ！　本当にクマを一撃で倒したのかよ！」

「こっちは百ベニー払っているんだぞ。元取れるのか！」

また知らない連中が吠え出した。ロゼはその連中を睨み付ける。

「うるさい！　まずは見せるからガタガタ吠えるな!!」

その一言で練習場は静まり返った。珍しく怒鳴ったことで、セドたちもビビっている。

――フン、おばさんは、吠える若造なんぞ屁でもないのだよ。

ロゼは的に向かって指をピストル型にして構える。最近では最初の頃より魔力を使わないで扱えるようになっていた。指の先にクルクルと回転するビー玉サイズの水の塊が見える。その塊を一気に放出する。

パシュン。

的の真ん中に一センチほどのきれいな穴があいていた。

「なんだ、あれくらいならすでにできるぞ！」

セドは、大きな炎を出現させ、並んでいる的に向かって発射した。的は燃えて灰になった。

「俺もだ！」

キシが、風を起こし、的を真っぷたつにした。

「俺も！」

ニールがウォーターボールを放出し、的は吹き飛んだ。的の周りは水浸しだ。三人はロゼの顔を見ながらドヤ顔だ。

ロゼはまた他になにか言い出す奴らが出てくる前に怒鳴る。

「全然違う！　的をよく見てみろ！　誰が的を燃やしたり、真っぷたつに割れと言った！　ニールに至っては的を水で飛ばしただけだろう」

意気揚々《いきようよう》と的を破壊した三人はドヤ顔を引っ込めた。ロゼはよく見えるように自分が穴をあけた的を生徒の前まで持ってきた。

「よく見ろ。的に小さな穴があいているだろう。これをやれと言っている。この小さい穴を作るんだ！　これができなければ合格ではない！」

生徒たちは的に小さい穴を作るべく、自身の自慢の魔法を放つが、的は吹き飛んだり割れたりして小さな穴を作ることはできないでいた。生徒たちも思っていたより難しいのだとわかってきたようだ。

「おい、どうすればいい」

最初に悪態をついてきた男がロゼに教えを乞うてきた。

「おまえ、年上の講師にもそんな態度で教えを乞うのか？」

ロゼは腕組みをし、いつもより声のトーンを低くして言った。

「えっいや……すまない。どうすればいいか教えてほしい」

「……ふん、いいだろう」

これでやりやすくなった。こんな輩《やから》は絶対にいると思っていた。年下のひょろい奴だとバカにする態度でこられると、教えるのが困難になる。金をもらっている以上は習得してもらわなければ困るのだ。バカの見本を三人衆が引き受けてくれたのはありがたかった。もちろん打ち合わせなどはしてはいないが、あのバカぶりが素じゃないことを祈ろう。

「指の一点に集中しろ。人差し指に小さな玉を作るようイメージするんだ」

ロゼが人差し指を上に掲げ、実践する。

人差し指にビー玉サイズの水の玉を作り、それを生徒に見せる。とりあえず、その作業ができないことには先に進まないので、その練習を一人一人見て回る。

「できた者は六十数えろ。そのままの形で」

ひーっと練習場から悲鳴が上がる。彼らにとってはなかなかハードな内容のようだ。

ロゼは特にそんな訓練をしてはいないが、とりあえず難しくしたら実践するときに楽だろうと思う。指の上にいきなり一センチの玉を作るのは難しいようなので、とりあえず十センチくらいの大きさから訓練していく。

一時間もすると十センチの玉を作るのに成功する者が出てきた。キシもその一人である。あとはそれをすんなり出すための訓練である。三時間みっちりと玉を出す訓練をした。そんな訓練は今までしたことがなかったようで、七名の生徒はヘトヘトである。

「今日の午前の講習はこれで終わり、お疲れさま」

ロゼは練習場をあとにする。練習場を振り返るとみんな魔力を使いすぎて返事もできないようだった。

倒れている連中をそのままに練習場の外に出ると、レオンとムカイがいた。

「ずいぶんと初日から、飛ばしていたようだな」

レオンがなにか複雑そうな顔をしている。

「みんな今日は足腰立たないだろう」

ムカイが気の毒そうな顔で言った。

「……そうか？　でもあれ以外でどうしろと言うんだ？」

ピストルがない世界でピストルのイメージは伝えられない。ならば、魔法で作るしかない。あのやり方がいいと思うのだが。

講習には、レオンとムカイも応募している。どこまでできるのか楽しみである。そう思いながら、二人ににっこりと笑いかけた。

「悪魔め……」

レオンが引きつった顔でポツリと言った。

悪魔なんてこの世界にもいるんだなぁとロゼは思うのだった。

午後には、違う十名の参加者が訪れた。午前中の生徒の何人かは医務室で寝ているらしい。

――おお、頑張り屋さんね。

ロゼは倒れるほど頑張ったのだなと思った。ロゼは午後の生徒の半分も医務室送りにした。

どうやらこの国の冒険者たちは、魔力コントロールなどが苦手のようだ。自身の魔力と精霊の力のみで魔法を使っているらしい。

――まっ、それでもいいと思うけど。

ただ細かいことに秀でている者はけっこう簡単に習得していった。特に女性。男性は力任せに魔法を使っていたようだが、女性は家事など細かいことに使用していたため、魔力コントロールに慣れていたようだ。一回目の講習で属性の玉を出現させ、二回目の講習で合格していくのだ。

ロゼが考案したこの魔法の撃ち方は、魔力量がそんなに必要ではないこともわかった。魔力量が少ない者でも一日数発は撃ち込むことができるのだ。

それは冒険者ギルドも想定外だったようで、ずいぶんと驚いていた。噂を聞きつけた女性たちや魔力の少ない者たちが講習を受けたいと言ってきた。募集は終了していたが、追加募集がおこなわれることになった。

最初の頃に受けた三人衆のうち、キシは三回目で合格していた。ニールは六回目だ。ムカイは意外にも二回目で合格していたが、セドとレオンはまだ合格できずにいた。どうやら魔力量が多く、力任せに使っていた者は、習得しづらいようだ。


最初の頃は、生徒は一回につき十名までだったが、最終的に一回三十名までに増えた。冬も中盤になり講習を何度も受ける者が出たため、まだ一度も受けていない者から講習が受けられないとクレームが入るようになったからだ。他にも予約制にしたり、三回目以降からは玉が十センチに安定するまで来るなと伝えたりした。講習の際には人に向けて撃ってはいけないと注意喚起も忘れない。

まあ、そんなことは精霊が許さないだろうが。

その日ロゼがアパートに戻ると、キシがニールとなにやら小声で話していた。

「よ、ロゼ！　講習は大盛況のようだな」

ロゼに気づいたキシがいつものように笑いかける。

「ああ、セドは森で自主練か？」

「ああ、レオンと他の何人かで練習している」

ニールが言う。セドもレオンもまだ習得できていない。西門の近くの森で練習をしているようだ。

「ずいぶんとかかっているな」

「セドに言うなよ。その言葉！」

ニールが慌てて言う。そして口に人差し指を当てる。

「細かいコントロールなんて、あいつらは一番苦手だろうな」

慌てる様子がおもしろい。

「俺だって最初は魔力切れを起こして立てなかったんだからな！」

「ニールはずいぶんと早かっただろう。習得するの」

「いやまあ、やり方がわかればすぐだったが……慣れるのに時間がかかるんだよ！」

「医務室送りにされたもんな、ぷぷっ」

キシが笑う。

「おいやめろ！　黒歴史だよ！」

ニールは初日、立てなかったのではなく倒れたらしい。

「頑張ったのはいいことじゃないか、っぷ」

ロゼもその光景を思い出してちょっと噴き出す。

「はぁ!?　おまえが最初から飛ばしたんだろ！　十センチの玉ができるまで休むな！　とか」

「そうだったか？　まぁ舐められないようにするには鬼になるしかなかったんだよ」

「オニってなんだ！　まぁ……俺らも最初は舐めていたしな、それは悪かったよ」

ニールが謝ってきた。やっぱり舐めていたのか……

立ち話をしていると、疲労困憊《ひろうこんぱい》した様子のセドが戻ってきた。挨拶もそこそこで話もせず、そのまま自身の部屋に戻っていく。

「はぁ、そんな難しいかな？　考えすぎてないか」

ロゼはセドの後ろ姿を見て言う。

「考えすぎってどういうことだ？」

最も早く取得したキシが言う。

「単純だろう。大きい物をそのまま小さく、と念じるだけだろう」

「じゃあ、セドに助言してあげてくれよ」

優男《やさおとこ》のニールは言う。

「あ〜、自分で見つけるのも修行だよな」

ロゼは七階の部屋に戻ろうとする。

「あっ、おまえ面倒くさいと思ったな」

「じゃまたな」

そそくさとその場を去る、ロゼ。

「ロゼはああいう奴だよな」

キシは呆れている。うるさいのが静かになってくれてせいせいしているロゼである。

自身の講習以外にも、ロゼは乗馬や錬金術の講習に通っていた。それはとても楽しいものだった。乗馬なんて前世ではセレブの習い事だったし、錬金術なんてなかった。剣や弓より遥かに自身に向いているようだ。

──将来、錬金術師になるのもいいな。

しかし、自身の講習で生徒の数が多くなって疲れてしまい、錬金術の講習にはなかなか行けずにいた。そのせいもあり、ロゼは冬も中盤だというのに、まだ低級ポーションをうまく作れずにいた。

ポーションを作る際には、薬草の他に、錬金鍋を自在に操《あやつ》り、魔力と魔石、薬草などを調合する微妙な魔力操作がいる。ロゼが教えている撃つ魔法の魔力の使い方とはまた違っていた。

それでもロゼにさほど焦りはなかった。前世の頃から不器用で何ひとつうまくいったことなどなかった。それが今世では、精霊から愛され、背も高く、紫の瞳をした美人である。もう勝ったも同然だ、などと考えているため、他の生徒にバカにされてもなんとも思わない。

ちなみにポーションとは、水薬である。傷口にかけたり、飲んだりして使う。この国の錬金術師は所謂《いわゆる》、薬師に該当する。錬金術師にも階級があり、低級・中級・高級、そしてその上もある。また、魔石や宝石に属性を付与する行為も錬金術と呼ばれている。

ポーションの種類は、赤・青・黄の三種類。赤は火属性、青は水属性、黄は風属性に分けられる。赤のポーションは傷口にかけるもの、外からの傷に効くとされる。青のポーションは飲み薬、頭痛・腹痛などに効くとされる。黄のポーションは総合薬で傷口にかけるものと飲み薬とがあり、あかぎれ、水虫などの皮膚病などに効果があるとされる。

ロゼは一応水属性なので、身体の内側に効くポーションが得意とされているが、実際には全属性が協力態勢にある。

なお、ロゼが考案した撃つ魔法は『ピストル弾』と命名。そのままである。由来を聞かれたが、「響きで」と答えて会話を終了させた。

ポーションについては、まだまだ時間がある。ゆっくり学んでいこうと思っている。

冬も後半になり、もうすぐ春になる頃、ロゼの周りで少々問題が発生した。

ピストル弾の講習で知名度が上がった今日この頃、ロゼはよく女性から贈り物をもらうようになっていた。プレゼントは石鹸や洗髪料、香料などだ。

講習でやさしく教えてくれるロゼは、お年頃の独身女性から見れば格好のターゲットだった。しかし、髪はベトベトでゴワゴワ、汚い身なり、服のサイズもなんだか合っておらず、ダサい。元は良さげなのにもったいない、というわけだ。

ロゼは水の精霊と契約を結んでから、銀髪から少し青が混じった銀髪に変わっていた。が、そのきれいな青い銀髪も煤《すす》で黒くし、油や埃でゴワゴワにして固めている。クルクルの天然パーマにゴワゴワが混ざり、アフロのような仕上がりになっている。たまに葉っぱも付いている。顔も腕も煤《すす》で黒く汚れ、ひどく汚らしい。

もちろんそれはすべて、ロゼの演出だ。しかし女性たちは、無頓着からそのようになっていると思っている。では、自分が理想の男性に仕立てればいい。まずは髪を洗い、身なりを清潔にし、自分自身にふさわしい男性になってもらおうというわけだ。

ロゼはありがたく贈り物をもらう。特にお返しなどはしない。そして、その贈り物のどれひとつとして使用しない。そのことに女性たちが反発しているらしい。

「ロゼ、マリから聞いたわ。お付き合いを断ったそうね。他に付き合っている人や婚約者がいるの？」

お昼に森に向かおうとしたところ、二人の女性から声をかけられた。一人は赤い髪の女性で、その後ろに隠れるようにいる水色の髪の人がマリというのだろう。どちらにも覚えがない。何十人もの生徒の講習をしているのだ。一人一人の顔と名前など覚えられるわけがない。

「いや、いないよ」

「じゃあなぜ、断ったの？」

どうやらマリに告白されて断ったことがあるらしい。全然覚えがない。

「好きじゃないから」

ロゼは正直に言う。

「ひ、ひどい！」

水色の髪をした女性は走ってどこかへ行ってしまった。

「もういいかな？」

ロゼが歩き出そうとしたところに赤い髪の女性が手を上げた。顔を殴られそうになるのを、ひょいと避けた。

「なぜ、殴る」

「本人の目の前であんなこと言うなんて信じられない！」

「あんたが聞いたから正直に言っただけだ」

「それでももうちょっと言い方があるでしょ！」

赤い髪の女性は真っ赤な顔で怒っている。なぜ、他人事でそんなに感情的になれるのだろう。謎だ。

「どんな言い方だ？　一度きちんとお付き合いは断っている。その理由をあんたが聞いてきたから言っただけだ。そもそも、好きな人や婚約者がいなかったら付き合わないといけないのはなぜだ。俺にも断る権利があるだろう。それから殴るつもりがあるのならば、俺に殴られる覚悟はあるのか？」

――あーすごくメンドクサイ。

「女を殴るっていうの!?　最低な奴ね！」

「あんたは俺を殴ってよくて、なぜ俺は殴り返してはダメなんだ？」

「女を殴るなんて最低じゃない！」

「手を出してきたのは、あんたが先だぞ？」

「……話にならないわ。最低ね」

「それは俺のセリフだ。用がないなら二度と話しかけないでくれ」

――女だからって容赦する気なんてない。私だって女だもの。見かけが男だからとか関係ないもんね。

ちなみになぜ、告白してくれた人を覚えていないかというと、受ける気がないため、ほぼ顔を見ていないのだ。最初の頃に告白してくれた人には真剣に接していたが、人数が増えるにしたがって雑になってしまった。そこは申し訳ない。だって受ける気が百パーセントないんだもの。

その後も、婿にどうだと言われたり、人妻が言い寄ってきてその夫が殴り込んできたり、俺の妹はどうだ、なにが気に入らないと言われたり、恋人を寝取っただの、数人の女性に囲まれて誰を選ぶのかと詰め寄られたりした。「誰も選ばない」と言うと、四又、五又されたと騒がれた。

このような面倒なことがたびたび起こった。

ロゼは、めちゃやモテるなと思いつつ我関せずであった。

「ロゼ、いい加減にしろよ！」

そう言ってきたのはレオンだ。

「なにがだ？」

ロゼはわかってはいたが、とぼけた。

「なにがじゃないだろう！　この騒ぎはなんだ！　女たちからのクレームが凄いんだぞ！」

「いや、知らないけど、っぷ」

おかしくて笑う。なんのクレームだ。

「いやいや。笑いごとじゃないだろう！　おまえにとっても今後大変なことになるぞ」

「大変なことってなんだよ。ふふ」

まだ笑ってしまう。

「いや、今後の仕事のこととか、結婚とか……」

「へぇ、大変なんだ」

ロゼは女である。男なんて一言も誰にも言ってない。なにも困らない。

「誰か一人、付き合う女でも作ればどうだ？　婚約するとか……」

「はぁ？　アホらし。将来の伴侶をそんな適当に決めるなんて、冗談じゃない。適当に付き合うなんて結婚したがっている女性に失礼だろう。だから断っている」

「それは、しかし……」

レオンは本当にロゼのことを心配してくれているようだが、この街を出ると決めているロゼにとっては、なにも困ることはないのだ。

よって御触れが出た。

『今後ロゼに婚約の打診や交際をほのめかした者は罰金とする』

そう掲示板に貼り出されている。

「なんかすごいことになったな」

キシが御触れを見てつぶやいている。

「なにがだ？　これで静かになる。ふふ」

ロゼはまた笑ってしまう。

「よくこの状況で笑えるな？　おまえ村八分だぞ」

——この世界にもそんな言葉があるのか。意外だな。

「村八分ってなんだよ」

とまた笑ってしまう。

相手にされなかった女たちや、女を取られたと言っている男ども、ロゼがモテてて気に入らないという連中は、身内の飲食店や雑貨屋などに協力をしてもらい、ロゼの入店拒否や講習のボイコットなどをするつもりでいるらしい。

しかし、講習をボイコットしてピストル弾の習得ができなくて困るのは本人だし、入店拒否もそんなに買い物を必要としてないロゼには響かない。好きにすればいい。

しかしそれは、ごく一部の人たちだけが言っているだけだ。街ではロゼが教えてくれたピストル弾が使いやすいととても好評だ。もちろん、街中で使うわけではないが自分の身を守るためにとても有効のようだ。罪深いことをすると精霊が去るとされても、百パーセントではない。そんなこともあり、騒いでいる奴らこそ、周囲から相手にされなくなっている。しかし、それで終わらせないのが人間である。

ある日、講習が終了し雪が積もっている道を帰宅している途中、ロゼは捕獲された。後ろから網が投げられ大きな男が覆いかぶさってきたのだ。腕を取られ麻の大きな袋に入れられて拉致《らち》されたのである。

「おい！　誰だ！　放せ！」

ロゼは抵抗したが、体格差がありすぎる。なぜか、行き先はロゼのアパートだった。アパートの風呂場に連れ込まれ、麻袋から出された。そして水をかけられ、服に手をかけられる。服を脱がせようとしているのだ。どうやら汚い身体を無理やり洗おうとしているらしい。

「暴れるなよ。きれいに洗ってやるから」

ゾッとするようなことを言ってきた。一人の大柄な男がロゼの腕を取り、他の数人の男どもがゲラゲラとバカ笑いをしながらロゼの頭に水をかけ、洗髪料をぶっかけようとしていた。


ロゼは水の属性と契約をしている。精霊から愛されているので、精霊はすべてロゼの味方である。怒りが静かに爆発しようとしていることなど男どもは知らない。男どもがバカ笑いをしている中、用意された水のすべてがピシピシと音を立て、先の鋭い氷に変わる。

鋭く尖った氷がゆっくりと男どもに狙いを定める。笑っている男の一人がそれに気づいたが、もう遅い。鋭く尖った氷が男ども目がけて勢いよく発射した。

ロゼは、右手を前に出し、男どもを睨んでいる。傍《はた》から見れば、ロゼが水を操《あやつ》って男どもに攻撃を仕掛けているように見えるだろう。しかし、ロゼは『待て』をしている。攻撃をするなと言っているのだ。それは精霊たちにだ。怒りを爆発させているのは精霊たちだった。

氷は男たちの目の前で寸止めになっている。危なかった。ちょっとでも遅れたら串刺しだ。

「動くな」

一瞬の出来事に男たちは固まっている。もう誰も笑ってはいない。ロゼはゆっくり立ち上がり、笑っていた男どもの方へ歩いていった。ロゼに手をかけていた輩《やから》、バカ笑いをしていた全員の両手首を引っ付けて氷漬けにした。

襲ってきた奴らは、ロゼにクレームを言ってきていた連中や女たちに頼まれた者だった。風呂場の外にはアパートの住人がいる。彼らも一緒になってバカ笑いをしていた。その中にはセドやキシ、ニール、他にも仲良くしていた奴らが数人いた。

ロゼは悲しくなった。ほんの冗談のつもりだったのだろう。男同士ならば冗談で終わらせることができたのだろうが、ロゼは女である。精霊が付いていようと、襲われればそれはとても恐ろしいものだ。

——ま、相手は自分を女だとは知らない。それにこちらの態度も悪かった。

関わった全員と陰で笑っていた奴ら全員の手首を氷で拘束し、冒険者ギルドに突き出した。自分にも悪かったところがあったことは認めるが、それはまた別の話である。

全員罰金、金貨一枚で話がついた。その半分はロゼに支払われることになった。

そしてその数時間後、魔法が使えなくなったと関わった連中が騒ぎ出した。関わった男どもや依頼した女たちから精霊が去ったのだ。その精霊たちはすべてロゼのところにいた。

『あんなことするなんて許せない！』

ロゼの精霊たちは怒っていた。なぜ精霊たちがロゼのためにこんなにも怒ってくれているのかはわからない。やらかした奴らの精霊たちは『うちの子がすいません』みたいな感じで謝っていた。もしかしたら精霊たちにも上下関係があって、ロゼの精霊たちの方が上位なのかもしれない。ロゼは怒っている精霊の姿が可愛くてにやけてしまう。

「ロゼ、本当にすまない。悪かった」

関わった男女から正式に謝罪された。

「麻袋に入れた時点で冗談にはならない」

もうそんなに怒ってはいないが、怒っているフリをする。

「本当にすまない。もう二度とこんなことはしない」

「当たり前だ」

「俺たちは精霊なしになった。どうすればいい」

襲われているところを笑って見ていたセドたちも、みんな泣き崩れていた。

それはそうだろう。精霊なしはまともな仕事に就けない。これからの人生台無しだ。まあ、そんなこと知ったことではない。アホなことをした自分が悪いのだ。

精霊たちを見ると、それぞれの元契約者の近くで腰に手を当てて怒っている。ものすごく可愛い。にやけそうになるのを我慢する。

「教会から聞いたことあるぞ。悔い改めて心から反省し、社会貢献をおこなえば、また精霊と契約ができると。教会に行ってみたらどうだ？」

知ったことではないが、精霊なしになるほどのことでもない。反省をして社会貢献でもすれば、街も助かるだろう。それを聞いた合計十八名の男女は教会に向かった。

教会も人手不足のため、下働きの人材は有難い。しかも、無料だ。イージュレンの教会の横には孤児院があり、数十人の孤児が住んでいる。さらに貧しい人たちも孤児たちと共同生活をしていた。ケガをして働けない者や身体が弱くてフルで働けない者、様々な理由で孤児院に住んでいる。

そんな現状を知らなかった者たちは、自分たちのしたことを反省した。恵まれているにもかかわらず、気に入らないからと暴行を加えようとしたのだ。誠心誠意、損得なしで孤児院に奉仕した。ある者は孤児たちに剣を教え、ある者は料理を振る舞い、ある者は子供たちの遊び相手になるなど、残りの冬の間、頑張っていた。

ロゼは春先になったら、再契約してやってと精霊たちにお願いをしていた。

春先になると関わった奴らは無事に精霊と再契約ができた。ロゼが春先になったらと言っていたため、精霊たちはそれまで再契約をしなかった。

それも当然で、中には一回孤児院に行っただけで特になにもしないくせに契約を急かす輩《やから》もいた。しかし、何度行っても契約ができなかったため、真面目に奉仕を始めた。そんな奴は初夏くらいまで契約を延ばされていた。いい気味である。しかもお布施《ふせ》はその都度取られていた。

一方で、孤児院に行っていた者たちの中には、再契約が叶ったあとにも慈善活動を続ける者もいた。情が出てきたのか孤児院へ通っては孤児たちと遊んだり炊き出しなどをしたりして貧しい人たちの力になっている。

——孤児院で将来の嫁でも見つけたのか……まぁ、悪いことはないのだからいいのだろうな。

ロゼはあくまでも下心があると思っている。

春になり、それぞれの生活が変わっていく。キシとニールが七階のロゼの部屋を訪ねてきた。

「ロゼ、ちょっといいか」

キシとニールは申し訳なさそうにしている。関わった連中と一緒に謝罪しに来て以来である。

「ああ、なにか用か？」

ロゼもあの日以来、二人と口をきいていない。

「あのときは本当に悪かった。知っていたのに止めなかった」

「俺もだ。本当にすまなかった」

ニールが言う。

「……」

「それなのに、教会で社会貢献をすれば精霊と再契約ができることを教えてくれてありがとう。この間、再契約できたよ」

キシとニールは俯《うつむ》き加減で話をする。

「俺たちは後悔した。水をかけられたとき、ロゼは俺たちと目が合っただろう？　ロゼは仲間に裏切られた悲しい顔をしていた。本当にひどいことをした。俺たちだけは止めないといけなかった。ロゼには恩があるのに、おもしろがった。本当にごめん」

キシとニールは頭を下げている。

「……よくはないが、謝罪を受け入れる。それで？　他にもなんかあるんだろう？」

キシとニールは顔を上げて、お互いを見る。

「じゃあ、俺から……実は」

キシが話し出した。

「セドがピストル弾を習得しようとしている間、俺は暇でさ。毎年おこなわれている領主の騎士試験に応募したんだ。試験は筆記、剣の技能、あと魔法ね。まぁ色んな街で毎年受けていたから、いつもの調子で今年も受けたんだ。受からないと思っていたんだけど……」

「受かったのか？」

「ああ、剣の技能と筆記はギリギリ。魔法で受かったんだ。ピストル弾のおかげだ」

——ああ、だからさっき恩があるみたいなこと言っていたんだな。

「恩があるのによく笑ってたな……」

ロゼが睨む。キシの精霊が何度も頭を下げて謝っている。

「そ、そうだよな。サイテーだよな」

またしゅんとする。精霊を見ると、もう怒る気になれなかった。

「お、俺はさ、また違うんだ。ちょっと行った先に飯屋があってその店の娘と婚約したんだ。講習のときに一緒になって。いい子で。ロゼも知っている子かも……、付き合い出したのは最近なんだけど。だから冒険者家業から足を洗うつもりなんだ。俺は剣も魔法も度胸もないしさ」

ニールが険悪になりそうな雰囲気を慌てて軌道修正する。

「二人ともよかったじゃないか。将来の目標が決まって」

ロゼはにっこりと二人に笑いかける。恐ろしく無表情で笑うロゼに二人は引いてしまう。

「セドは？」

この場にいないセドのことを聞く。まぁ聞かなくてもなんとなくわかるが……

「「拗《す》ねている」」

二人の声が重なる。

「だろうな」

「俺は王都に行くことになった。領主が紹介状を用意してくれて、王都の騎士団の試験を受けてこいってさ。王都で落ちたらイージュレンの騎士団に迎えるって。だから三日後、王都に出発する」

なぜそのままイージュレンの騎士団に入らないのかというと、おもしろい人材を何人か集めて王都の騎士試験を受けさせるのだそうだ。見事受かれば王都に貸しを作れるし、経験を積んで戻ってくれば箔《はく》も付くのだそうだ。キシ以外にも何人か王都で試験を受けるらしい。みんなピストル弾を習得している。

ピストル弾の講習で合格すれば、スズカに記載もできるようになった。それはイージュレンの冒険者ギルドの特例で決まった。まだ王都には普及しておらず、イージュレン発の攻撃方法として歴史に名を刻むかもと期待されている。それを担うのはキシたちになるだろう。ロゼのスズカには発案者と記載されている。王都でピストル弾が認知されれば褒賞金がもらえるらしい。

ニールは、いずれ王都で店を出すそうだ。今年はイージュレンで料理修行らしい。今の飯屋は、婚約者の姉が婿を入れて繁盛している。婚約者の伯父夫婦が王都の下町に飯屋を出しているが、跡継ぎがいなかった。そこでニールたちに任せようという話になったのだ。婚約者の両親と伯父夫婦は、ニールたちの店が落ち着いたら、王都のさらに先にある故郷に帰るという。

今後が決まっていないのはセドだけだが、知らない間に二人の将来が決まっていたので、拗《す》ねているというわけである。

「俺も、ニールもアパートを出る。セドのことよろしく頼むよ」

キシが言う。

——なぜ、俺が……

数日後、キシたちはみんなに祝福されてアパートを出ていった。セドは祝福をしたものの、やはり拗《す》ねていた。セドは拉致《らち》騒動もあり、レオンに半月遅れる形で最近やっとピストル弾を習得できた。セドはあの一件についてロゼに謝罪もせずに精霊と再契約ができたと喜び、ピストル弾を習得したかと思えば、ロゼにキシやニールの件で散々愚痴を言い放つ。ロゼはうっとうしくなり、一発お見舞いした。

ロゼは春になっても七階に陣取っていた。セドは寂しいのか、四階が空いているから移れと部屋まで押しかけてきた。上の階の住人たちがさっさと四階に越してきてトラブルになりかけたが、彼らはセドと歳も近く一緒に森で自主練をしていた仲間たちだったようで、いつの間にかロゼの移動は立ち消えになった。

ロゼは薬草採取と魔獣狩りを再開した。魔獣の素材は相変わらず、あやしいローブの男に全部販売していた。

そして春も終わり、新緑が芽吹くころ、レオンから冒険者全員に正式に間引きの話があった。

「今年は五年に一度の、森で魔獣の間引きがおこなわれる年である。参加は自由だ。しかし、ピストル弾を習得した者はできるだけ参加してほしい」

冒険者ギルドのフロアに冒険者を集めて参加者を募っている。レオンがちらっとロゼを見る。

「参加資格は成人していることだけだ。今この場にいない冒険者にもこのことを広めてくれ。そして、活躍した者は領主様から王都の騎士団試験の紹介状をいただけるぞ！　冬になるまで待たなくていい！　もちろん給金も弾む！　よろしく頼む!!」

うおー！　と冒険者たちの雄たけびが上がる。

平民の冒険者にとって騎士になることは、自分の腕一本で成り上がる唯一の手段だ。これを逃すのはバカでしかない。

レオンはロゼをまた見る。ロゼは興味がないので、依頼書を探っていた。ロゼは成人してないからムリでーすと思いつつ、フロアをあとにした。レオンがなにやらセドたちを呼び寄せて話をしている。

ロゼは今週も魔獣の素材をあやしいローブの男に売っている。今回は金貨十枚だ。ローブの男は金貨を懐《ふところ》から出した。ロゼは金貨を受け取る前に口を開いた。

「ああ、そうだ。来週から取引は中止だ」

「ん？　なぜだ？」

ローブの男が顔を上げた。歳は三十歳くらいの優男《やさおとこ》で、身長はロゼより少し高いくらいだ。ローブの下に見える服装はシンプルだが質のいいものを着ている。

「間引きが近く始まる。街の冒険者が何人も森に出入りをすることになる。俺は間引きには参加しないが、森に入るところを見られるのはいやなんだ。だからこの夏には魔獣は狩れない。必要なら冒険者ギルドから買うといい」

ロゼは説明をする。

「そんなの気にしなければいいだろう」

ローブの男は引かない。

「気にはしてないが、今年はもう狩らない。以上だ」

ロゼは会話を終わらせた。

「いや、冒険者ギルドの素材は荒れたものが多い。困るのだが……」

「知らん」

「いや、なんとかお願いできないか？」

「できない。もう決めたことだ」

「……」

ローブの男は頑固な少年の回答に困り果てた。

「来年から取引をしないぞ」

ローブの男が脅してくる。

「そうか、残念だ」

覆《くつがえ》す気はない。ロゼはもう十分稼いでいるのだ。

「……わかった。諦めよう。来年はまた頼む」

「来年から取引しないのだろう？　そう言ったな」

ロゼはにっこりと笑う。

「すまない。取り消す」

「そうか、一度口に出してそれを取り消すのであれば、代償が必要になるな。今回の報酬は二倍で手を打とう。どうだ？」

ロゼはにっこりと笑う。

「はっ？　いくらなんでも取りすぎだろう！」

珍しくローブの男が声を荒らげる。

「最初に脅してきたのはそっちだろう？　なぜ、代償もなく許されると思っている？　俺とあんたの立場は一緒のはずだ。売る買う、それだけの関係だ。それなのに取引しないと脅してきただろう？」

「私が買わなければこれらの素材は捌《さば》けないはずだ。立場は一緒ではない！」

「買わないのであれば他の国に行って売るだけだが？　ごねたから報酬は三倍になった。まだグズグズ言うのか？」

「はぁ？　俺がこのまま奪って消えてもいいんだぞ!!」

「それはできない。やってみるといい」

ローブの男はすべての素材を収納しようとしたが、できなかった。

「なぜ……なぜ、収納できない……」

「当然だろう。金を払っていない。そのくらいの対策はしている」

ローブの男はガタガタと震え、汗を掻いている。ロゼは風たちと黒ちゃんと時ちゃんを配合して、条件に合わなければ素材を収納できないように調整していた。うまくいった。

「おまえは盗人だ。有難く思え、十倍で許してやろう。俺はやさしいだろう?」

ロゼはベッドの端に座り、にっこりと笑う。

「さ、さすがにそんなに持ってきていない」

ローブの男の汗は止まらない。

「持ってくればいいだろう」

「もう帰ってこないかもしれないぞ」

「じゃあ来年の取引はなしだな」

ロゼはにっこりと笑う。

「……わかった。取ってこよう」

ローブの男は姿を消すとすぐに戻ってきてロゼに百枚の金貨を渡した。

「おまえ、いい性格しているな……こんなことして精霊が去るかもしれないぞ」

ローブの男は素材の収納を済ませ、ロゼにそう言ってきた。

「なにを言っている。俺は最初に脅された代償は二倍でいいと言ったろ。それをあんたがグズグズ言い出した挙句、盗もうとしたんだろう。精霊から去られるのはあんたの方だぞ？」

「そ、そんなこと……」

ローブの男は納得していなかったが、一瞬で姿を消した。

『金貨百枚ももらえたね～』

時の精霊が金貨の周りを飛んでいる。

「きれいでしょ？」

ロゼはムフフとしている。

『十倍はやりすぎ！』

火の精霊がプーとしている。

「まぁ脅してくると思ってたけど、案の定脅してきたね。私は二倍でいいよって言ったよ」

『ロゼの方が悪者みたい……』

緑の精霊が困り顔で言ってくる。

「そうだね。でも盗もうとしたのは事実だし。言い負かした方が無条件で悪者って変だよ」

『でもロゼが盗《と》ってみろってけしかけたよね？』

水の精霊が疑問を口にする。

「そう。でもそこで盗まないっていう選択肢もあったよ？　私の挑発に乗ったおバカさんってことだよ」

『そうかな？』

精霊たちが傾く。可愛い。

「じゃあみんな私のもとを去るの？」

精霊たちは一斉に頭を横にブンブン振る。可愛い。

ロゼは精霊たちを見ながらにっこりと笑う。お金に余裕ができたので精霊が去っても問題はないが、可愛い精霊たちの姿が見えなくなるのはとても寂しいと思っていた。

ロゼは一夜にして一千万円を手に入れてご機嫌である。しばらくは薬草だけ摘んでゴロゴロしようと思っていたら、乱暴に部屋の扉をノックする者がいた。セドだ。

「明日から間引きに向けて出発だぞ。用意はできたのか？」

「いや、俺は参加しない」

「はぁ？　うそだろう？　なんで？」

棒読みだ。レオンに行ってこいと言われたのだろう。

「間引きは自由参加だろ？」

「そうだけど、金もいいし、騎士試験もかかっているんだぞ！　しかもおまえ、ピストル弾の発案者じゃないか！」

「騎士試験なんて興味ない。発案も関係ない」

「え？　騎士になりたくないのか？」

「興味ない」

「明日の朝、迎えに来るから準備しとけよ！」

「だから参加しない。しつこいゾ」

いい加減、対応がいやになってきた。ここ二週間、色んな奴らが誘ってきていた。すべてレオンの差し金だろう。しばらくセドと睨み合いが続く。

「どんな条件なら参加するんだ？　服屋のラミとのデート券か？　それとも……」

「しつこい!!　どんな条件でも参加しない!!」

セドを水圧で投げ飛ばした。

——明日は階段に水の幕を張って部屋まで来られないようにしよう。

次の日、間引き団一行は森に出発した。何人か水の幕で溺れていたけれど気にしない。

間引き団は第一団と第二団に分かれて出発する。第二団は十日後に出発だ。すべての一行が戻ってくるまで、少なくとも四ヶ月かかると説明を受けている。

夏の間中、森の中とかうんざりである。

——しばらくは、ゴロゴロするのだー。

第四章　ロゼ、錬金術師の弟子になる

ロゼは久しぶりに昼過ぎまで寝た。起きたあと、しばらく部屋の中でゴロゴロと精霊たちと過ごしていたが、さすがに飽きてきた。冒険者ギルドに足を運んでみると中は閑散としていて、めぼし

い依頼もなかった。

間引き期間は主要な冒険者がいなくなるため、依頼も少なくなるようだ。間引きには成人したほとんどの冒険者が参加している。自由参加とはいえ参加しないと冒険者としての格が下がる。ギルマスの信頼も得にくい。レオンには間引きに参加すれば中級者になれるぞと言われたが、ロゼはなんの得にもならない階級など興味がなかった。

――そもそも成人していないので、弾かれるのだが。

参加者はスズカを使って登録する。その際に成人でないものは弾かれることになっている。未成年者が金ほしさに偽《いつわ》って参加しないようにである。

今ギルドに来ている者は、未成年者と、いつもはいない女性が多い。間引き期間になると男性の代わりに小遣い稼ぎに女性が来るようだ。

いつもは男性ばかりでなかなか入りづらいのかもしれない。

ピストル弾の関係で知り合いが多くなったロゼはなにかと話しかけられた。

「間引きに参加しないの？」

「成人男性はみな参加するものよ」

「自分勝手に参加しないなんて、この街に住む権利はない」

などとはっきりと言う人もいれば、陰でコソコソと言う人もいる。

成人していません！　と言いたいのを我慢した。あと二年の辛抱だ。

一人で錬金術の練習でもしていようと思いつつギルドをあとにする。アパートに帰る途中、また声をかけられた。また文句を言われるのかとロゼは振り返る。

「ロゼ、こんなところでなにをしている？　間引きは？」

今日一日で十回は聞かれた質問だ。

「ザリか。参加はしていない。以上だ」

「はぁ、その様子だと同じことを何度も言われた感じだな。ハハ」

ザリは冬の間、錬金術を教えてくれていた講師だ。

「そういうことだ。帰る」

「まあまあ、近くにおいしい飯屋がある。奢《おご》ってやるから食べに行こう」

そう言われ、ロゼはザリのあとを付いていった。

「うまいだろう。ここの肉はショーユという珍しい調味料で味付けしているんだ。ショーユは王都でしか売っていないからな。食べたことないだろう？」

なかなか大きなステーキをザリは注文していた。

醤油味なんて久しぶりだ。王都には醤油があるのか。王都に行ったら一番に買おう。ザリと同じステーキを食べながらロゼはそんなことを思っていた。

「ロゼ……なぜ間引きに参加しなかった？　どこの街でもそうだが、間引きに参加しない冒険者は後々苦労するぞ」

食べ終わったザリは心配そうに聞いてくる。ロゼはまだ食べている。

「どう苦労するんだ？」

「そりゃあ、周りの女たちから色々言われるだろうし、なかなか嫁も見つからない。ずっと冒険者をするつもりがなくてもだ。後々商売をしようとするときも、間引き不参加者として記憶に残ることになるんだぞ」

「そうか。俺にとってはそれがなんの苦労になるのかわからないが、忠告感謝する」

間引きに参加しない冒険者は女性の親から嫌われる。女性からも嫌厭《けんえん》される。店を出しても間引きに不参加の新参者と揶揄《やゆ》されるらしい。

「まぁ今更か。この夏、ロゼはどうするんだ？　暇じゃないのか？」

「暇だな。冬の間に取得できなかった低級ポーションを作る練習をしようと思う。ザリのところは人が足りないとかないかな？　給金はいらないから……」

「もちろん構わない。ロゼは働き者だから来てもらえると助かるよ。少しだが給金も出す」

ザリはロゼが話し終わらないうちに返事をした。

「ありがたいよ。でも給金は本当にいらないよ」

「いや、きちんと出すよ。働いてもらうんだから」

冬の間、ロゼはザリの工房で講習を受けていた。講習が終わると、生徒はさっさと帰っていく。七名ほどの生徒だったが、講習に使った材料や鍋などをそのままにして帰るのだ。

その片付けも講習代に入っているようなのだが、ロゼはそのままにして帰るのがなんとなく気持ち悪く、いつも片付けの手伝いをしていた。

あんなことする生徒はロゼが初めてだと、あとになってザリから聞いた。

「じゃあ、ちょっと準備とかあるから来週から来てくれ」

「わかった。なにか持っていくものとかあるか？」

ロゼは、日本での初出勤のような気持ちでつい聞いてしまう。

「いやぁ？　なにもいらないが……なにかあるのか？」

「いや、ないならいい」

――また、余計なことを言ってしまったな。

「そうか……えーとなぁ、低級ポーションを習得したら、俺の弟子にならないか？　中級ポーションを習得したら王都のアカデミーに入学できる権利がもらえる。試験はあるがな。俺はアカデミーを中退した身だが、れっきとした中級錬金術師だぞ。まぁ、他の優秀な錬金術師の方がいいと言うのであれば、知っている者を紹介できるし……」

ザリは言いづらそうに、しかし早口で今後のプランをロゼに提案する。

ザリは間引き不参加者のロゼをすごく心配しているようだ。説教をするのではなく自発的に選べるように提案してくれる。しばらくはイージュレンを離れた方がいいよと遠回しに言ってくれているのだ。

元々ロゼはイージュレンから出るつもりだったが、知らない者からすればイージュレンを拠点にしていると思うのだろう。そもそもみんながみんな王都を目指すわけではない。

「どうした？」

ザリがロゼの顔を覗き込む。やさしいことを言ってくれる。この世界に生まれてきてから自分のことだけで精一杯だった。ユロランにいたときも親切にしてくれる近所の人たちはいたが、お礼も言わずに出てきてしまった。あのときは、ジョセフから逃げるために仕方がないと思っていたが、今は逃げているわけではない。

「ザリ、俺が弟子になっても大丈夫なのか？　間引き不参加者は嫌がられるのだろう？」

「それは大丈夫だ。そこはなんというかカラッとしているというか、不届き者は嫌がられるが、その周りに被害はないよ。ロゼはしばらくの間は大変だと思うよ。まぁ自業自得だ。ハハ」

「そっか、それならお願いします」

ロゼは頭を下げる。

「ああ、よろしく頼む」

「それと正式に師匠になってもらえるのであれば、言っておきます」

「え？　なんだよ、急にあらたまって。気持ち悪いな」

「俺は十二歳です。未成年でも弟子にしてもらえるんですよね？」

「……はぁ？　誰が十二歳だって」

ザリが唖然《あぜん》としている。

「俺です」

「いや、うそだろう。どう見ても十六か十七歳だろう！」

「そう見えるらしいな、でも十二歳だ。だから間引きも断った。どうせ弾かれるのはわかっていたし」

「な、なんで黙っていたんだよ！」

「聞かれなかったから。それに未成年でギルドをウロチョロしてたら、身元を調べられたりとかして、厄介そうだったんで」

ロゼはさらりと打ち明ける。

「ザリを信用している。だから打ち明けた。黙っている必要はないが、あえて言わないでもらえると助かる」

「身元を調べられると困るのか？」

「すごく困る」

「……わかった。俺からは言わない。聞かれたら言うけどな。それでいいな？」

「ありがとう、それでいい」

店を出てザリと別れた。すると、先ほどギルドにいた女性が二人いた。ルキとカヤとかいったか。まだ文句が言い足りないのか、腕組みをしてロゼに向かってくる。

「本当に十二歳なの？」

ザリとの話を聞かれていたようだ。

「あの店、カヤの実家なの。普通に話していれば聞こえてしまうわよ？」

「そ、そう……か」

――ガヤガヤしていたし、そんなに大きな声は出していなかったが、聞き耳を立てられていたのだろう。そういえば、厨房《ちゅうぼう》に女の子がいたような気がする。

「年齢のことは言わないでくれると助かる」

「へぇ……あんなに強気で色んな女の子の告白も退けたのに、弱みを握っちゃったかしら」

クスクスと笑っている。カヤが心配そうな顔をしている子だとすると、クスクス笑っている子はルキだろう。

——面倒くさい。もう帰っていいだろうか。

「で、帰りたいのだが、帰っていいか？」

ロゼは正直に言ってみた。

「え？　な、なによ。年齢のことはどうするのよ！　言うかもしれないわよ！」

「言いたければ言えばいい。なにもルール違反はしていない。偽《いつわ》ってもいない。勝手に成人していると大人が勘違いしているだけだ。なんの責任もない」

「む、可愛くないわね!!　そこは甘えて秘密にしてと、お願いするところでしょ！」

「なにを言っているのか、わからない」

「くっ……ふぅ、もういいわ。別に言ったりしないわよ。私たちも悪かったし、まぁ、任せてよ」

「なんのことだ？」

「冬のことよ。だから任せて」

「だから、なにを任せる？」

「いいから！　任せて。恩に着せて嫁にもらってもらおうなんて思ってないわ。年下なんていやだし！」

なにを任せるのかわからなかったが、冬のこととは、なぜ彼女や婚約者を作らないか問題だろう。拉致《らち》問題にはルキやカヤは関わっていなかった。

とにかく任せてと言って、ルキたちは去っていった。

なにも任せたくない、ほっといてくれたらいいのにと思う反面、ちょっと楽しかった。女の子と普通に話をするのは前世以来だ。ユロランにいたときは近くに女の子が住んでいなかったし、学校も行っていないので女友達はできなかった。女友達ができるとしたら成人してからだと思っていた。さっきの話し方だと、ルキとはいい友達になれそうな気がする。

――二年後、王都に行かないかな……いや、適齢期のお嬢さんだ。行くわけないか……。ん？　女でも錬金術師になれるのだろうか？　前の世界では当たり前に職業選択の自由があったが、この世界は女性に働く自由とかあるんだろうか？　アカデミーにも男で行くしかないのか？　いや、男でいるのは十五歳以降はムリだと結論を出している。んー。なんか詰んだ？

錬金術の講習でも女性の姿を見た覚えがない。あれこれと考えながら歩いていると――

「し、師匠――！」

なにやら声がする。なにげなく振り向くが、誰もいなかった。誰が師匠と言ったのかわからなかったが、気にせず歩き出した。そうするとまた、

「師匠、待ってください。師匠――！」

と声がする。振り向いても誰もいない。

「下です。師匠、下です」

下……？　そのまま下に目をやると、ブラウンの髪に緑の瞳をした小柄な男の子がロゼを見上げていた。

——誰だ？　子供の知り合いはいない。

「あ、あの、ぼ、僕を弟子にしてください！」

——俺は今日、ザリの弟子になったばかりだ。なのに、弟子もできてしまうのか……

いや、なんの弟子かわからない。話を聞かないと……

「ちょっと待て、おまえは誰だ？　なんの弟子志願だ？」

ロゼはザリと入ったのとは別の飯屋に入る。腹は減っていないのだがと思いつつ……

＊＊＊

「ルキ、じゃあ私、一度帰るわね。お店、飛び出してきちゃったから」

「教えてくれてありがとう。あっ、ロゼのこと秘密よ」

「わかってる。言わないわ」

二人は別れた。カヤがお店に戻ると、お昼時の忙しいときに勝手に飛び出したことで父親からすごく怒られた。カヤは毎日お昼の忙しいときのみ皿洗いの手伝いをしていた。

昼食タイムが終わり、カヤは本職の仕事場に戻る。皿洗いは、お昼時は忙しかろうと思い、カヤから言い出したことだ。給金だってもらっていない。それなのになんであんなに怒られないといけないのか、ちょっと納得がいかない。皿洗いやめようかな……と思いつつ職場に戻る。

「カヤお疲れ！　怒られなかった？」

ルキが作業の手を止めて心配そうに聞いてきた。

「怒られた……ちょっと抜け出しただけなのに納得いかない……」

カヤはムスッとして答える。

「あ～まぁ勝手に抜け出しちゃったらお店が回らなくなるから……。機嫌直しなって。アイス食べに行こう。奢《おご》るから。私も休憩したかったし、ね！」

ルキはカヤを近所で評判のカフェに連れていった。

ルキは赤い髪にブラウンの瞳をした長身のきれいな子だ。カヤは小柄でオレンジ系の髪にブラウンの瞳、目は大きくたれ目で可愛らしい顔つきをしている。

「ありがとう、ルキ。でもルキのせいじゃないから奢《おご》ってくれなくてもいいわ」

「いいのよ！　情報料よ、情報料！」

「そう？　ありがとう、では遠慮なく。フフ」

最近、南の方で甘味の研究が進んでいて、甘いお菓子が庶民の間にも広まってきている。アイスもそのひとつだ。

「カヤはもういいのよね。大丈夫なのよね？」

アイスを食べながらルキがカヤに聞く。

「な、なにが……」

「ロゼのこと、好きだったでしょ？」

「そうね……。ピストル弾の講習のときはちょっといいなって思ったかな」

「今は婚約者様がいるもんね」

ルキはからかうように言う。

「う、うん」

顔を赤らめるカヤ。

「そのわりに急いで私に知らせに来たわね。昼食タイムが終わってからでもよかったのに」

カヤは顔を真っ赤にした。

「ほんとね。なんでお店飛び出しちゃったんだろう？」

「まだ……気になっているの？　結婚して王都に行くんでしょ？」

「うん。それは決めてる」

カヤはロゼに告白して振られている。

それを知った冒険者がカヤに告白したのだ。その彼が今や婚約者だ。

「ニールは素敵な人よ。冒険者を辞めて料理人になるって言ってくれたし」

「そう思うよ。今はカヤの店で修行してるんでしょ？」

「うん、でもまだ下働きね。皮むきとか野菜を切ったりとか」

「それにしても、ご両親も思い切ったわね。王都に行くなんて」

「ずっと出店したかったみたいけど、場所代が高いからって諦めていたみたい。去年、姉が店の料理人と結婚して安心したのか、二人に店を譲るって言い出して。聞いたときはびっくりした。私も結婚が決まって親としての務めを果たしたから昔からの夢だった王都に出店して自分の味で勝負したかったのかもしれないわね」

「なんでそれでカヤ夫妻まで王都に行くのよ？」

ルキはカヤが結婚して王都で暮らすとしか聞いていなかった。というか聞けなかった。カヤの結婚がショックだったからだ。

「王都で成功してももう年だしね。そのあとは私たちにその店を譲るって。そのあと両親は自分たちの故郷に向かうって言ってる」

「ずいぶんと行動的ね」

「ほんと」

「結婚はともかく、王都行きまで勝手に決めないでほしいわ。私とカヤは共同経営者なんだから」

「それは私がごめん。私も初めて告白されて浮かれていたから……」

「もういいけど」

「ロゼも成人したら王都に行くつもりだよね？」

カヤは小声で話す。

「そうだと思うよ。錬金術のアカデミーに入るだろうね」

「それでロゼに任せてって言っていたけど、なにをどうするつもりなの？」

「ああ、ほら間引き不参加者は苦労するって話よ。あんなのうそだけど。あれは間引きに参加しない冒険者が増えないようにギルドが適当にでっち上げただけ。父さんが言っていたわ。秘密だけど。参加者に感謝はするけど、不参加の冒険者に嫌がらせとかしないわよ。まあでも冒険者なのに間引きに参加しないとはなんたることかって言っている人は何人かいる。ギルドがそう仕向けたからだけど」

「そうなんだ。でもルキもロゼに言っていたよね」

「言った。実際にロゼが参加すれば間引きはいつもより早く終わるだろうって父さんが言っていたし」

「ルキのお父さん、ギルマスだもんね」

「そう」

「それで、どうするの？　ほっといても大丈夫ってこと？」

「うん、大丈夫だと思う。それでもあれこれ言う人もいるからそれとなく違う噂を流そうと思っている」

「どんな噂？」

カヤが前のめりになる。

「噂好きのおばさんがいるのよね。明日、お店に品物を受け取りに来るの。だからそのときに……」

ルキは火の精霊と契約している。ルキのお店とは食器専門店だ。カヤは土の精霊と契約していて、精霊と契約した頃から飯屋の裏で土いじりをして遊んでいた。それが高じて今では二人で店を経営している。カヤが器を作り、ルキが最後の焼きをしているのだ。たまたま近くに窯《かま》付きの工房兼お店が見つかったため、昼間はそこで食器を作っている。二人は学校を卒業したあと、親に反対されながら土を森に採取しに行ったり、冒険者に依頼したりして試行錯誤し、ここ何年かでやっと形になった食器を販売しているのだ。

今までの食器といえばただただ白いものしかなく、塗料などで縁《ふち》に絵を描くものが主流だった。しかし、ルキたちが焼き上げた食器の造形は多種多様で、美しく色鮮やかだった。品評会に出すと、あっという間に話題になり、今や各街の市場だけでなく王都にも流通していて品薄状態だ。

最初の頃はその製法を男に譲れだの、女だてらになにができるだのと言われたが、それにより気の強いルキに火がついた。絶対に男には譲らないと決めたのだ。

この国の女性の結婚適齢期は十七歳頃である。十五、六歳くらいから婚約をして一年から一年半の婚約期間を経て、その後結婚するという流れが一般的である。十八歳の二人に婚約者がいないことはけっこう珍しく、親からすれば焦り出す年齢であった。親が結婚相手を見繕《みつくろ》ってこようとしたが、二人はそれを断っていた。であるから、カヤがいち抜けしたことはルキにとって、とてもショックなことだった。

これまで二人は王都に工房を持たないかと何度か声をかけられていたが、さすがに女だけで移住するのは気が引けた。そんな中、カヤが結婚して王都に移住するという話が出たのだ。すぐにルキも移住を決めた。今やルキとカヤの親たちも二人の仕事を認めて応援している。カヤの父は、一応そのことにも頭に入れて話を進めたらしい。そして自分も王都に店を出したいという夢が叶えられる。まさに一石二鳥である。

しかしそれはニールがある程度料理人として成長してからだ。二年はかかるだろう。婚約期間としてはちょうどいいし、その間に王都の飯屋に近い工房も探さなくてはならない。二年はあっという間に過ぎるだろうと思われた。

＊＊＊

ロゼの目の前で、子供が肉ゴロゴロ定食をガツガツと食べている。

――なんだこれ？　新手の当たり屋だろうか。まぁ腹が減っているみたいだから一回くらいは騙《だま》されてやってもいいが、次はないぞ。きちんとクギを刺しとかないと当たり屋仲間からカモにされそうだ。

ロゼは幼い男の子さえ疑って見ている。

「食べ終わったか？　おまえの話を聞こうか？」

目の前の少年は食べ終わって満足している。本来の目的を忘れているように見えた。

「あっ、ごちそうさまでした。はじめてこんなに食べました。おいしかったです」

「それはよかったな」

しっかりした態度だし、そんなに貧しいようにも見えない。

「僕は四つ角にある靴屋の五男でエトといいます。いつも上の四人にご飯を取られてお腹いっぱい食べたことがなかったから」

――五男だとそうなるのかもしれないな。

「それはいい。弟子がどうとか言っていただろう」

「はい、その……僕は緑の精霊と契約できまして」

小より少し大きい緑の精霊がロゼに向かって手を振って笑っている。可愛い。手を振り返したいのを我慢する。

「それはよかったな」

ロゼは適当に相槌を打つ。

「はい、でもうちは靴屋で、跡を継ぐのは長男と次男です。僕は緑の精霊付になったことで親が農家に養子に出すと言っています。けっこうな支度金がもらえるそうです」

「なるほど、それでおまえは農家がいやなのか？」

「今、見習いとして養子になる予定の農家に通っています」

「いいじゃないか。なんの不満があるんだ？」

「……その、みなさん悪い人ではないのですが……僕の精霊を当てにして働かなくなりました。毎日たくさん野菜や果物を生成させられて、僕は毎日魔力切れを起こしながら家に帰ります。翌日には魔力は戻りますが、これからずっとこんな生活が続くのかと思うと……」

――悪い人ではないか……俺からすれば十分悪い大人だが……。

「その農家には里親二人とその子供……長男、次男、長女がいて……。僕は長女と結婚するとかでもなく、長男、次男も外に働きに出るとかでもなく、養子に入っても僕は三男で、その農家を継げるわけでもなさそうです。あと一ヶ月もすれば正式に養子縁組をすることになります……」

「親にそのことを言ったのか？」

この世界では、子供がいないことや、跡継ぎがいないことが養子を迎える条件のはずである。

「言いましたが、支度金を一部すでに受け取っていて……今更どうとかって……」

——ひどい親だな。だがそれと弟子の話がどう結びつくんだ？

「で？　どうするんだ？」

場合によっては逃げるしかない。ロゼは手伝ってもいい気になっていた。

「……僕は養子の話が出るまで少し冒険者をしていました。学校の掃除や年寄り夫婦の買い物代行とかで……そのときに師匠を見かけました。いつも薬草をいっぱい採取していてすごいなって」

——俺が精算する時間は少し早い時間だったからフロアには未成年者もいたな。俺も未成年者だが。

危険のない街の中での雑用は、主に未成年者が担当することが多い。

「そこでギルマスと精算をする人の話を聞きました。師匠が薬草を定期的に採取しているおかげで、この街は錬金術の街になってきていると、いい薬草を求めてイージュレンに錬金術師たちが集まってきているって。本当にすごいなって。僕もその手伝いができないかなって思ったんです。僕は緑の精霊がいますし、跡継ぎでもないので成人したら家を出なければなりません。なので師匠に弟子入りを申し出てみようと思っていた矢先に養子の話をまとめられて……」

少年はズボンをギュッと握りしめ、泣きそうな顔をしている。

――まあそうだよな……普通の養子縁組ならいいが、この少年が言ったことが本当ならひどい話だ。俺も錬金術の練習がしたいし、薬草採取はいずれ誰かに引き継ごうと思っていた。しかも緑の精霊付の子に。

「いいだろう。俺も薬草の件はどうにかしたかったし。まず、レオンに養子縁組の件を片付けてもらおう。少年、一緒にギルドに向かおう」

「は、はい。ありがとうございます！」

「ところで今日は闇の日じゃないだろう。農家は休みか？」

立ち上がって会計を済ませ、ギルドに向かう。

「僕に休みはありません。今日は行きませんでした」

「そうか、親が捜しているかもなぁ」

「はい……」

沈んでいる少年になにかを言ってやりたかったが、どうにかできるかわからない。安請け合いをしてもあとでがっかりさせるだけだ。そちらの方がつらいだろう。

冒険者ギルドに着くと、レオンが待ち構えていた。

「間引きはもう終わったのか？」

ロゼが尋ねる。

「そんなわけあるか！　俺は近くまで引率して帰ってきたんだ。四ヶ月もギルドを留守にできないからな」

「ふーん。で、なにしてる？　そんなところで」

いつもは二階にあるギルマス室にいるはずである。

「ロゼを待っていたんだ。その子は？　ブラウンの髪に緑の瞳、特徴が合うな。親が捜している。

その子をおまえが飯屋に連れ込んだと捜していた兵士からギルドに連絡が入ってな。兵士はおまえ

を知っていたようだから様子を見ていたんだと。食い終わったらギルドに来ると思って俺が待っていた」

門番の兵士や見回り兵士などには、なんだかんだとお世話になっている。

「なるほど、正解だったな」

にっこり笑うロゼ。

「迷子を拾ったのか？」

「いや、この子は自主的に俺の弟子になりたいそうだ。俺も弟子にしてもいい」

「はぁ？　弟子？　なんの弟子だよ？」

「そのことで話がある。上で話せるか？」

「いいだろう。親には見つかったと連絡しておくぞ」

「ああ」

三人はギルマス室に向かう。

「なあ、ロゼ。今からでも間引きに行ってくれんか？　上級者もいるが心もとない」

「こんな若造に頼るなよ。五年もあったのになんで準備してないんだ」

「ぐっ、それを言われると……」

ロゼにこの五年の間、なんの対策も講じていなかったことを言い当てられてしまい、レオンの強《こわ》面《もて》が面目ないという表情になる。

ギルマス室に入り、念のため人払いをしてもらう。

「で？　弟子ってなんだ？」

飯屋で話した内容をレオンに伝えた。

「調べよう。エトといったか？　この子の話が事実ならば養子縁組はできない。しばらくギルドで保護しよう。で、ロゼの薬草の引き継ぎの話を進めてもいいんだな？　ギルドとしても助かる」

「ああ、構わない」

ロゼは案外うまくいきそうだと胸を撫でおろす。

「それで……その引き継ぎ内容だが、ギルドも参加していいか？」

レオンは上目遣いで聞いてきた。

「いいわけないだろ！　俺が苦労して見つけた薬草の群生地だ。弟子にならないと教えん！　弟子も一人だ！」

「だ、だろうな。そうだよな。わかっている。怒るなよ……」

そこに、エトの両親と里親候補が冒険者ギルドにやってきた。ちょうどいい、両親が揃って来た、とロゼが思っていると、レオンから釘を刺された。

「ロゼ、口出しするなよ。ギルマスの俺から話を通すからな！」

ロゼはレオンの後ろで待機させてもらう。

「エト!!　おまえ無事だったのか！　よかった。攫《さら》われたのかと思ったぞ」

両親がエトに抱きつく。

「本当にありがとうございました。今日はこれで帰らせてもらいます」

さっさと帰ろうとするエトの両親とその里親候補。

「いや、待ってくれ。ギルドの人間が動いたんだ。色々と調書を取らねばならん。今日のところはエトをギルドで預かるとする」

レオンが威厳たっぷりに言い放つ。かっこいいではないか。

「えっでも、事件性はないんでしょ？　エトも疲れているでしょうし、明日にでもエトをギルドに寄こしますから」

両親はあくまで連れて帰ろうとする。

「事件性がないとは言ってはおらん。疲れているのであれば、ギルドで宿を手配する。そこで休めばいい。往復させる方が疲れるだろう。これは命令だ。あんたたちの承諾は必要ない」

命令と聞いて無理やり連れて帰るわけにはいかなくなり、両親たちは渋々承諾する。レオンはエトを奥の席に座らせ、親たちも椅子に座らせた。

「少し話をしよう。そちらの方は？」

レオンは里親候補に視線を向けた。

「え……言う必要があるのですか？」

「は？　一緒に迎えに来たのだから調書に書かねばならん。言う必要はある」

「そうですか、わかりました。この方たちはエトの里親になる方です。心配して一緒に来てくださいました」

「里親？　坊主を里子に出すのか？」

——知っているくせに白々しい。

「はい。エトは緑の精霊と契約していまして農家の方が向いているのではないかと……エトは五男ですし、うちの靴屋はもう継ぐ者がいるので」

「そうでしたか。で、どこの農家の人かな？」

レオンはやさしく笑顔で対応している。

——いちいち気持ち悪いな。

「ユ、ユロラン経由の一番地でイセ農場だが」

要するにユロラン側にある西門を出て一番最初の農地ということだ。イセは農地の主人の名前である。イージュレンから見た駅馬車の道は右側が魔素の多い森で左側には農地が広がっている。ちなみにイージュレンの農地は八番地まである。

「イセ農場ね……」

レオンはなにかの書類をペラペラと捲《めく》り、親たちを睨む。さきほどの笑顔はない。

「おかしいですなぁ。教会に養子縁組の申し出を出されていないようですよ。勝手な養子縁組は罰金刑になりますが……」

いつの間にか教会から資料を取り寄せていたようだ。養子縁組は教会に申し出て、領主と教会の偉い人の許可が必要になる。申し出の際に教会が色々と調べるのだ。

「ち、違います。今から縁組の申し出をするのです。今は息子に合うか見習いに行かせているだけです」

エトの父親は全力で否定した。

「ああ、そうでしたか。こちらの早合点でしたな」

レオンは笑顔に戻る。あからさまに、ほっとする親たち。

「では、本人が合わないと言ったらこの話はなくなるのかな？」

にっこりと笑顔で、腕組みをしたロゼが親たちに聞いた。レオンが頭を抱える。

「え？　そ、そちらの方は……」

親たちは初めてロゼを認識したようだ。

「エトをギルドまで連れてきてくれた人だ」

レオンが紹介をする。

「そうでしたか、この度はありがとうございました」

エトの両親は頭を下げてお礼を言う。

「で、どうなんだ？　本人の主張は通るのか？」

「そ、それはもちろん、養子縁組には本人のサインも必要ですし、本人次第です」

エトの両親は笑顔で対応する。

「おぉ、よかったな、エト。農家の縁組を考え直してくれるそうだぞ」

棒読みである。

「え、は、はい！」

エトは急に自分に振られて困惑気味だ。

「は？　どういうことだ？」

里親候補のイセが農地の住所を言って以降、初めて口を開いた。

「もう縁組は決まっている！　本人次第とはどういうことだ！」

「ん、いや、エトは森にいたんだが、誰かに攫《さら》われたようだった。自力で逃げたところを俺が拾ったってわけだ。で、腹が空いているようだったから飯屋に行って飯を食わせていたら、つらいと泣き出してな、色々と話を聞いた。養子縁組先がいやだが、なかなか親には言い出せないと……」

ロゼはまっすぐにイセを見る。ロゼはエトが自ら逃げ出したことは言わなかった。攫《さら》われた話はもちろんウソである。親とエトの間に溝ができるのを危惧したのだ。

「な、な、なにを……」

「失礼だが……ちょうどいい機会なのであなたの農場でエトになにをさせてきたか、今この場で照らし合わそうと思うのだが、いかがか？」

レオンが話の主導権をロゼから奪い返した。

「なにをって……」

イセは汗を掻き、そわそわと落ち着きがない。その様子を見て、レオンはため息をつく。

「この養子縁組を破棄するのであれば見逃してやろう。罰金もなしだ。未遂だからな。あと、エトに働いた分の給金を渡せよ。エトの両親も支度金とやらをイセに返金するのだな」

元々、正式な養子縁組に支度金などというものはない。

エトの両親は自分たちに矛先が向いたことで慌てた。支度金も見逃されると思ったらしい。

「な、なんのことでしょう……」

「知らん。金のことはそちらで話をするがいい。エトはしばらくギルドで預かる。エトに話があるときは、ギルマスであるこの俺に話を通せ。勝手に接触するようなことがあれば、この件はきちんと上にあげて調査することになる。わかったな」

イセ夫婦は首をブンブンと縦に振り、慌てて帰っていった。エトの両親も頷き、そのまま一度もエトを見ずに部屋を出ていった。部屋には、レオン、ロゼ、エトが残される。

「おお、うまくいったな。血を見ずに解決できてよかったな」

正直ロゼはもう少し揉めると思っていた。レオンのイカツイ顔もこういうときは役に立つ。

あっけらかんと言うロゼにレオンは叫ぶ。

「おい、ちょっとはエトに気を遣え！」

「あんな親、捨てればいい。エトはギルドのアパートにでも移ればいいだろう」

「捨てろって、おまえ……」

「俺は親を捨てたぞ。クソ親だったからな」

ロゼは自分のことは言わない方針だったが、俯《うつむ》いたままの少年を見て気が変わった。エトは顔を上げた。涙目で、ちょっと驚いている。

「……おまえの親のことなんて聞いたことなかったが」

レオンが言う。

「聞かれてないからな。エトは男だろう。いずれ一人になる。それが少し早まっただけだ」

「ふう、まったく……そうだな。で、エト、おまえは何歳だ？」

「十三歳です」

――え？　年上だったのか……

「十三歳のわりに身体が小さいな……食べさせてもらってなかったのか？」

レオンも驚いているが、ロゼが一番驚いた。

「いえ、テーブルの上には他の兄弟と同じ量のご飯がのっていましたが、他の兄弟は食べるのが速くて……半分以上取られていました」

「ああ、そういうことか……男兄弟はよくあることだが……今日からしばらく俺ん家に来い。まずは生活環境を整えよう」

「え、え、あ、ありがとうございます」

「ギルドのアパートで暮らすにしろ、いきなりはムリだろう。俺の家からロゼのところに通え。俺の家で色々教えてやる。ロゼ、ちゃんと給金を渡せよ」

「ああ、もちろんだ」

「なにからなにまで、ありがとうございます」

エトは笑顔でお礼を言う。先ほどの悲壮感はもうない。

――十歳くらいだと思ってずいぶん偉そうにしてしまったな。まいっか、俺の歳はエトにも黙っていよう。教えにくくなっても困るからな。エトが年下から学ぶのを嫌がることはないと思うが……。やっぱり威厳は大事だからな。

第五章　ロゼ、弟子ができました

エトとは明日、ギルドで待ち合わせすることにして別れた。

翌朝、ギルドに行くと、すでにエトはフロアにいた。朝二回目の鐘の音でレオンと一緒に出てきたらしい。

この国の時間は、教会の鐘で知らされる。夜明けに一回、陽が水平になる頃に二回、陽が斜めに差す頃に三回、陽が真上に来たら一回、陽が逆斜めに差す頃に二回、陽が赤くなれば三回。陽が落ちたら一回、鐘が鳴るのである。曇りや雨、雪のときなど陽の感覚がわからないときは、教会にある砂時計のようなもので調整しているらしい。

約束をする際には、昼二回目の鐘の音とか言うらしい。今はもう朝二回目の鐘の音からずいぶんと時が経っている。

「すまん。ずいぶん早いな」

「いえ、ギルマスはもう少し経ってからギルドに行けばいいと言ってくれたのですが、楽しみすぎて、いても立ってもいられず！」

エトは森に行くのが楽しみで仕方なかったようだ。ふっと見ると、エトの横に二人の男の子がいてロゼを見ている。十三歳のわりに小柄なエトに比べ、年相応な大きさの子たちだ。エトの友達だろう。ロゼは二人に目をやりながら尋ねた。

「友達か？」

「はい、ミタとウキです」

エトが答える。ミタは薄い青の髪と瞳をしていて、ウキは金髪でブラウンの瞳をしている。

「はじめまして、ミタだ。水の精霊と契約をしている」

「どうも、俺はウキ。風の精霊だ」

「幼馴染《おさななじみ》で、彼らも兄弟が多くて、今は冒険者です。朝、ここで待っていたら偶然会って。昨日の話を彼らにしていたところです」

エトは簡単に彼らとの関係と二人がここにいる理由を説明してくれた。

ロゼは、じっと彼らを見ていた。

「師匠……？」

「ああ、悪い。おまえたちも十三歳？　しばらくは冒険者？」

二人は顔を見合わせたあと、頷く。

「「そうです」」

「今日はもう依頼の予定はあるのか？」

ロゼは二人に聞く。

「いや、まだだ。未成年の仕事の依頼は、朝三の音くらいにしか出ないので」

「そうか、では今日から護衛の仕事をしないか？　エトの護衛だ。護衛の仕事は俺が教えるから大丈夫だ。一応見習い扱いにするから、少ないが給金も払うぞ」

「「え？」」

「じゃあ行こう」

ロゼは三人をぐいぐい引っ張って、連れていく。

「あの、師匠。どういう……」

エトが引っ張られながら聞く。

「歩きながら話そう。二人はこれからエトが薬草を採取することを聞いているだろう？」

二人は頷く。

「エト、錬金術師が使う薬草は魔素がないところでは育たないんだ。魔素があるところは森の中。森の中は魔獣がいる。一人では危ない。俺は水の精霊がいて攻撃もできるが、エトは攻撃ができないだろう。そこで二人に護衛をしてもらって森に向かえば、俺がいなくなっても大丈夫だ」

ロゼが説明する。

「エトも仲のいい友達なら安心できるだろう？」

西門の手前で一同は止まる。

「な？」

ロゼはエトを見てにっこりと笑った。

いいも悪いもすでに西門まで来てしまっていた。ミタとウキは戸惑っているが、いやではなさそうだ。

「でも、俺たち攻撃魔法はまだできないよ？　冬の間、少し剣と弓を習ったくらいだし」

二人はギルドの講習を受けたようだ。

「攻撃魔法は俺が教える。あと、これから行くところは秘密だ。エトが薬草を採取するってことも秘密。エトはまだ小さいから良からぬ奴らから狙われることもあるかもしれん」

三人はドキッとする。確かに薬草ほしさに変な大人たちが言い寄ってくるかもしれない。

「約束してくれるか？」

「「わかりました」」

「では、行こう」

一同は西門を出て森に向かった。


昨日の夜。

『ねえロゼ。明日、森の菜園にあの少年を連れていくの？』

土の精霊が聞いてきた。ロゼはベッドでうたた寝をしていたが、その声でぱっちりと目をさました。そしてガバッと起き上がる。

「そうだよね！　ヤバい！　忘れていた。あの森の拠点はすごく危険だよね！」

ロゼが拠点にしている森の中は、駅馬車の道から徒歩で三時間は離れているところにある。ロゼは転移できるので問題ないが、あの少年にはもちろんムリだ。

今は間引きで多くの冒険者が森の中に入っているから、ロゼは拠点が見つからないようにその付近を隠ぺいしている。さらに念のため、今は森には入っていない。

まあ、慌てない。引き継ぎは以前から考えていたことだ。急だったため、準備はしていないが、考えはあるのだ。

ロゼは転移した。

転移先は駅馬車が通るユロラン経由の五番街道だ。街道の名前は、この国で道ができた順番だ。

イセ農場の看板が見える。黒ちゃんのおかげで暗視ができるから字も見える。

――イセ農場がけっこう近いな……エトが徒歩で通っていたのだ。まあ近いよな……

少し歩くと左側に森がある。街道から一キロほど外れると結界の効果がなくなる。街道には所々に魔石が埋められており、その魔石に結界の魔法がかけられている。森が近いため、常に魔石には魔力がいっぱいだ。そのため半永久的に街道を守ってくれる。

魔石が盗まれることも想定して、どこに魔石が埋められているかを示す設計図が存在している。設計図は代々領主が保管する。定期的に魔石が劣化していないか検査をするが魔石の場所は秘密厳守である。

どこの街でも陽が落ちて鐘の音が鳴れば街の門が閉められ、夜明けの鐘の音で開けられる。しかし、結界があるため一晩くらいは門の前で過ごしてもいいと思う人もいるようで、門が閉まってもちらほらと人影はある。

ロゼは誰にも見られないように森に入った。しばらく歩くと道が途切れている。今まで使っていたのに道がないと不自然なので、うっすらと道を作っておく。街道から一キロ離れると結界から外れるので、そのあたりに結界魔石を埋め込む。魔石の場所を忘れないように木の破片を突き刺し、煤《すす》で一と書いておく。

ロゼは以前から引き継ぎをするときのため、結界魔石を準備しておいた。自分ではまだ作れないので、ザリに冬の間に依頼をしていたのだ。

――けっこうな値段がしたのだが、ギルドに請求してもいいのだろうか？

ロゼは真っ暗な森の中、道を作っては結界魔石を埋めていく。知らない奴らには迷子になるような道を作る。丘に人一人が入れるような大きさの穴をあけて洞窟を作り、入口にも結界魔石を埋め、草花で隠す。洞窟の中に数ケ所、出入口を作り、同様にする。洞窟を作るときは土の精霊が大活躍である。昔からある天然の洞窟のようにしてくれた。洞窟の中には光るコケも用意し、明かりを持ってこなくとも歩けるようにした。

適当に作っていると本当の洞窟も出てきた。そこは魔獣の巣となっていたので、すべて退治し、結界魔石を埋め、光るコケを撒《ま》いていく。

適当にぐるぐる歩いて、徒歩一時間でお目当ての場所に出るようにする。以前から目をつけていた平地だ。小さな池があり、魔素も溜まっている。近くには冒険者も魔獣もいない。視界が開けていて風通しもいい。今は雑草が敷き詰められている。その雑草たちを根こそぎ抜いていく。池の水を撒《ま》き、魔素を含んだ土にして、池の近くから順に多くの魔素が必要な薬草を植えていく。周りは太くて高い木々に囲われて外からは見つかりにくい。結界魔石も多く埋め魔獣が来ないようにする。あとは、育つのを待つだけだ。緑の精霊が付いているから大丈夫だろう。

あれこれしている間に、深夜になり帰宅。起きたらとっくに鐘は二回鳴っていた。

森の道なき道をグルグル歩いていると、うっすらと昼の鐘の音が鳴っているのが聞こえてきた。昨日の夜に作った道なき道を、子供たちの足に合わせて歩いていたので、二時間ほどかかってしまったようだ。

ロゼも子供だが鍛《きた》えているし、精神は大人なので耐えられているが、普通の十三歳の子たちは、こちらの世界でも根性がない。「疲れた～」だの「まだ～」だの文句が多い。それは、ミタとウキに限るが。

エトはイセ農場での出来事があったためか、根性が据わっている。ミタとウキが甘ちゃんなのは仕方がない。

「ほれ、着いたぞ。ここだ。毎日通うんだぞ」

「はあー、やっと着いたのかー」

「毎日――？」

「ここが……すごい、薬草だらけだ……」

三者三様に、驚いている。

昨日の夜に植えた薬草たちはぐんっと成長して、まさにそこは群生地になっていた。緑の精霊たちがドヤ顔をしている。あとで褒めておこう。

昼飯は二人分しか用意していなかったため、適当に魔獣を狩って焼いて食べた。本当は離れた場所で収納していた魔獣を取り出しただけなのだが、ミタとウキはロゼが魔獣を狩ったことに大きな関心を示した。

道沿いに結界魔石が埋まっていること、この群生地にも埋められていること、結界魔石が埋められている場所に木札があって全部で二十七個あると説明する。

「じゃあ俺たちは必要ないんじゃないの？」

ミタとウキはこんなところまでなにしに来たのかと思っているようだ。

「毎日だぞ？　なにがあるかわからない。森では三人一組で動くのが鉄則だ。しかもエトが一人で来てなんらかの理由で倒れたりしたら誰もエトを助けられない。それに護衛をすれば収入になるわけだし、歩けば足も鍛《きた》えられる。歩いているだけで『疲れた〜』とか言っていただろう。冒険者は歩くのが仕事だ。そんなんでは他の仕事だってできないぞ」

「うッ……」

二人は顔をしかめる。

三人一組が鉄則とか歩くのが冒険者の仕事とか、実際はどうだか知らないが無理やり納得させる。

「まあ、しばらくは護衛をして鍛《きた》えるのがいいんじゃないか。エトの手伝いをしながらな。成人になったらまた考えも変わるさ」

ロゼは言う。

「今だけでいいの？」

ウキが聞いた。

「冒険者はずっと続けていく職業じゃない。冒険者をしつつ、将来どうするか、金を貯めながら考える時間だ。他の奴らだって、食堂の子と結婚して料理人を目指したり、騎士を目指して王都に行ったりしている。エトもだぞ。ずっとこの薬草採取をすることはない。違う目標ができれば緑の精霊付の子を見つけて引き継ぎをすればいい。俺がそうしたように」

エトはこの仕事をずっとするつもりだった。それが辞めてもいいと言われてしまった。

「ずっと続けてはいけないんですか？」

エトは不安そうに聞いた。

「いや、続けたければ続ければいいんじゃないか？　でも飽きるぞ？」

ロゼは飽きたのだ。

「え？　師匠は飽きたから辞めるんですか？」

「まあな……こんなことずっと続けていくのは飽きるだろう。やっていればわかる。飽きないのであれば、ずっとやっていればいい。エトの自由だ。護衛は信用できる奴にしろよ。乗っ取られるぞ」

——一年は面倒を見るがあとのことは知らん。ノータッチだ。どうせ、緑の精霊がいないと薬草はすぐに萎《しお》れると思うが、他の奴らは自然にできた群生地と思うだろうからな。まっ、しばらくはこれで食えるんじゃないかな。あとは、レオンに丸投げだ。レオン、街のために頑張ってくれ。

その日はみんな疲れたようで、薬草を採取して帰宅する。薬草の代金を全額あげてもいいが、今日は三人ともなにもしていないので小銀貨二枚――二十ベニーを給金として渡す。それでも三人は喜んだ。いつもは小銀貨一枚と銅貨五枚ぐらいにしかならないらしい。つまり十五ベニーくらいの給金しかなく、それをすべて親に取られるのだ。

今日から十五ベニーは貯金しろよとロゼは言った。親には五ベニーで十分だと伝える。ロゼは、自分で貯金することも教えたのだ。

来週からロゼは、ザリの工房に行くことになっている。今日は緑の日、あと五日だ。

次の日、朝三回目の鐘の音とともに出発した。昨日のことを考えれば一時間半はかかるだろう。

ロゼは森をずんずん進みながら、これからについて説明をする。

「俺は来週からザリの工房に入るんだ。ザリには連絡して一日おきにしてもらった。俺が工房に入るのは緑・火・風の日だ。時・土・水の日に引き継ぎや攻撃魔法の訓練をする。その日以外、勝手に森に入るのは禁止だ。わかったか？」

「え？　じゃあ師匠がいない日は、なにをすればいいんですか？」

「適当に、ギルドで自分たちができる依頼をこなしたらいいだろう。おまえたちはまだ見習いだし、世間知らずだ。今年はこれから一人で生活するためにどうすればいいか、情報収集するんだな」

「情報収集ですか？」

　エトは不満顔だ。

「そうだ。いきなり子供が一人で生活するのは大変だぞ。ひとつひとつ考えてみろ。洗濯は誰がする？　洗濯にはなにが必要だ？　食事はどうやってする？　買い物は？　肉や野菜はどこに売っている？　いくらだ？　ほかのことも急にできるのか？　俺は家を出る前に色々情報収集してから出たぞ。エト、俺は薬草の引き継ぎはするが生活の面倒は見ない。聞かれれば答えるが、受け身のままだと苦労するぞ」

　エトは、はっとする。今はギルマスの家にお世話になっている。食事も洗濯もやってもらっていて、なにも自分ではやっていない。来年の春にはギルドのアパートに移ることになっている。今のままでは確かになにもできない。

「ありがとうございます。しっかり情報収集して来年の春、独立したいと思います」

「じゃあ俺も来年からギルドのアパートに移ろうかな。俺も三男で下にもまだ弟妹がいるからな。来年は十四歳になるし、エトの近くにいた方がいいだろう？　師匠」

　なぜかミタまで師匠呼びになっている。

「なんでミタまで師匠って呼ぶんだよ……まぁそうだな、エトはなにかと騙《だま》されそうだから誰かそばにいた方がいいかもしれん」

「師匠……僕そんなに頼りなさそうですか……？」

「じゃあ俺もアパートに移る！　アニキたちがうるさいし、昨日もらった小銀貨二枚だって取られたからな！　俺も来年までに情報収集して独立します！　師匠!!」

ウキもアパートに移ることを宣言した。

「師匠と言いたいだけだろう。いいけど……」

「「「よろしくお願いします！」」」

三人にはまず、道を覚えてもらう。あとは特にこれといった引き継ぎはない。大体の引き継ぎは緑の精霊にお願いしている。ロゼの精霊とエトの精霊が、おでことおでこを合わせている。この光景は、ピストル弾の講習のときもよく見かけた。精霊同士が思いを告げることで同じような感覚が身に付くようなのだ。

もちろんそれだけではうまく扱えないこともあるから、セドのように習得に時間がかかる者が出てくるのだが。

「みんな、道をちゃんと覚えろよ。エトは薬草の種類と名前もだな。ギルドのフロアの奥に薬草事典がある。あれを熟読してくれ。あと、売る金額。足元を見られないようにしろよ。今まで俺が決めていた単価を教えるから。精霊の力を借りて薬草を育てることは誰にでもできることじゃない。もう少し高くしてもいいかもな。安売りするなよ！　俺はギルドのアパートの七階にいるから一年間は相談にのるぞ」

「ありがとうございます。でも……一年だけですか？」

「もうすぐ成人だろう？　甘えるな。さっき自立しますって宣言したばかりだろう。些細《ささい》なことでも相談しに来ていい、来年までな。でもエトなら大丈夫だよ」

「はい、わかりました。頑張ります」

エトはあの農場に比べればどんな仕事もできる気がしていた。来年までても、師匠がいることはありがたかった。

「ミタとウキは、まず剣と弓で小さい魔獣を狩ってこい！　それから魔法だな」

「え？　剣と弓？　魔法を教えてくれるんじゃなかったのかよ！」

ウキが叫ぶ。どうやら剣と弓は苦手のようだ。

「俺も最初は剣と弓を覚えてから魔法を使ったぞ。やっぱり魔獣に対して恐怖心が出るからな、近くまで行って狩ってきて、初めて魔獣と戦えるんだ」

もっともらしいことを言ってみる。

「心配するな、最初は俺が相手になってやる。魔獣を狩るときも俺が引率する。ラビット系の魔獣なら大丈夫だよ」

「「はーい……」」

二人は不満そうだが、覚えて損はない。

エトは薬草のあれこれを、ミタとウキは剣と弓を、ロゼは低級ポーションを。

それぞれの訓練が始まった。

週に三日はザリの工房、他の三日は薬草の引き継ぎと護衛の訓練で時間は過ぎていった。集中できたのがよかったのか、ロゼはようやく低級ポーションを作れるようになり、正式にザリの弟子になったのだ。

エトもギルドから薬草事典を借り、闇の日や薬草園に行かない日に写本して、種類・名前・用途など独自に勉強を始めた。知識ではもうロゼを超えたかもしれない。

ミタとウキも、魔獣を剣や弓で狩ってきては、捌《さば》いて調理までできるようになった。今は十センチの属性玉の練習に入っている。

三人は、薬草園に行かない日はギルドの依頼をこなし、生活に必要なことを身につけて独立できるように頑張っていた。

ミタとウキは、ロゼにもらった給金を半分家族に渡していたが、まだあるのではないかと探されて取られてしまう。そのため靴の底やベルトに隠したり、色々な戦法を取って応戦していた。

ちなみにエトは特別にギルマスの許可を得てギルドに銀行口座を開設していた。ミタとウキはまだ、未成年のため親の許可が必要になる。親が許可を出すわけもなく、自力でお金を隠すしかないのだ。同じところに全部隠すとバレたときに全財産なくなるぞ、散らして隠せよ、と教えておいた。

給金は相変わらず小銀貨二枚だ。多く渡してもミタとウキの二人は親に取られてしまうのだ。アパートに移った日にでもまとめて渡した方がいいだろう。

たまに、ミタとウキのどちらかを森の奥まで連れ出して大きな魔獣にも慣れさせた。最初は下を濡らすくらいにビビッていたが、じきに慣れ、クマの魔獣にも一人で対応できるまでになった。しかし二人では絶対に奥まで行くなよ、と注意も忘れない。

ロゼも夏の中盤には、ザリの正式な弟子に昇格することができた。ミタとウキもピストル弾の習得に成功した。エトは順調に薬草を育てていたが、どんどん強くなるミタとウキに、自分だけ取り残されたように感じたのか、今年の冬にギルドの講習で剣と弓を受けるのだと息巻いている。

みんな、順調に進んでいた。

ある日、いつものように四人で森に入ろうとしたとき、ロゼは後ろから人影がついてきていることに気がついた。みんなを止めて、その人影を待ったが現れない。あとをつけているのだろう。

「誰だ？　出てこい！　いるのはわかっている」

ロゼが叫ぶと、木の陰から男女三名が現れた。

一人は見覚えがあった。エトの父親だ。あとの二名は誰だ。

「父ちゃん！」

「母ちゃん！」

「父ちゃん……」

ミタの父親に、ウキの母親らしい。ああ、面倒なことになりそうだ。なんか最近、順調だったからあやしいと思っていたのだ。私の人生、こんな順調に進むなんてないのだ、とロゼは天を仰ぐ。

「ミタの父親のガーヤだ。あとをつけてすまん。しかし、息子がなにをやっているかを確認せねばならんと思って……」

ウキの母親も頷いている。

「ロゼだ。去年の冬、ピストル弾の講習をしていた者だ。ギルマスに確認してもらってもかまわない。変なことはさせてない。まだ見習い中だしな」

「ああ、ミタからもあんたの話は聞いている。どういうことをしているか、この目で確認しようと思ったんだ。森の中なんて危険じゃないかと」

ガーヤは被っていた帽子を取り、両手で持ってもじもじしている。

「訓練を見たいのか？　じゃあ西門前の広場でミタとウキで模擬戦でもしてみるか？」

この親たちは薬草園の場所を知りたいのだろうとわかっていたが、すっとぼけることにする。

「い、いやそういうのは……」

「今から行こうとしていた場所まで私たちも連れていってほしいのさ、息子が心配なんだ」

ウキの母親がじれったそうに言う。

「……それはできない。あそこに行くのには俺の許可がいる。あんたたちには許可できない」

「私たちは親だよ。息子はまだ未成年なんだし！　どんな場所で働いているか知る権利がある！」

「そんな権利なんてない。ギルマスには確認している。未成年でも本人がやりたければどんな仕事でも就くことができる。それには親の承諾は必要ないとされている。森の移動も安全が確保され、俺が同伴するのであれば構わない、と言われた。ちなみに俺の金で森に結界魔石を埋めている。俺はまだ若いかもしれないが、ピストル弾の発案者として特別に森の出入りを許可されている。あんたたちの出る幕はない。そもそもあとをつけるなんてルール違反だ。子供を心配しているのであれば、まずギルマスか俺に話を通すのが筋だろう。行動が謎だし、不愉快だ。それとエトの父親はなにをしている？　ギルマスを通さねば、エトとの面会はできないはずだが」

ロゼは面倒くさいと思いつつ、早口でまくし立てた。

三人の親たちはロゼの早口に唖然《あぜん》としている。まるで用意していたかのような言い回しだ。用意していたのだ。所詮、親など金に目が眩《くら》むものだ。いつかこうなることは想定済みだ。だからレオンに責任を取ってもらうべく、許可を張り巡らしたのだ。

「今日はもうなしだ。ギルマスと親たちで話をする。おまえらは依頼でも受けていろ」

ロゼは三人にそう言うと、冒険者ギルドに向かって歩き出した。親たちもそれに素直に従って歩き出す。

エトは複雑だった。心配して様子を見に来てくれたのだろうとは思えなかったからだ。その証拠に父とは一度も目が合わない。まるでエトなどいないかのように父は歩いている。

——昔の父ちゃんはこんなじゃなかった……僕が緑の精霊付になったばかりに……


「なんだ、またおまえか……今日はなんだ」

レオンに経緯を話す。

「それで、俺にどうしろという……」

レオンは面倒くさそうにロゼを見る。

面倒くさいのはこっちである。

——薬草はこの街のためでもあるのだぞ。ちょっとは協力をしろ！　結界魔石の請求を半分くらいにしてやろうかと思ったが全額請求してやる！

「錬金術や魔術具の職人でも、弟子でもない人間に、その内容は引き継がないはずだ。俺がエトに任せたこともそれと同じだ。親であろうと弟子でなければ教えられない。それをこの親たちにわからせてくれ」

ロゼは若い自分の言うことは聞かずとも、えらい人であるギルマスの言葉なら聞くものだと、思っている。前世から人とはそういうものだ。

「あ〜わかったな？　そういうことだ。これでいいか？」

レオンはロゼが正しいと肯定している。

「親たちも納得しているな？」

はい終わり、と言わんばかりだ。だが親たちの顔は納得しているようには見えない。

「言いたいことがないのであればそれでいい。次からは処罰があるな？　ギルマス」

ロゼは最後のひと押しをする。

「んっあぁ、そうだな。罰金刑だな。あ〜固有の資産であると認められている技術を盗み見る行為は処罰に値する。そう決まりがあるな」

親たちがざわつく。

「エトの父親、マトだったたか？　あんたはなにをしている？　俺の許可なくエトに会う権利は与えていない」

レオンはエトの父親に向き直る。

「子供に会うために許可が必要などとおかしい！　今まで育ててきたのは俺だぞ！　俺の息子を弟

子にしたいのなら、支度金を寄こせ!!」

――あ～あ、言っちゃった……。弟子になるのに支度金など必要ない。そもそも本人が弟子になりたいと言ってきたのだ。そもそもなぜ、金がそんなにいるのか……

マトの店は今や息子たちが継いでいる。所謂《いわゆる》オーダーメイドの靴屋を大量生産型に変更して大成功したのだ。

下町でも、靴はオーダーメイドが主流だった。そのため一般的に靴は高い。成人になって初めて新調するのだ。子供は親や兄弟のお下がりを、繰り返し修復して使っている。靴屋も修復で食べているようなものだ。

それをマトの息子たちが住民の靴の大きさの平均を出し、番号を振って、型を作った。同じ物を多く作り、安く売ったのだ。新しい靴が今までの三分の一の金額で買えるようになった。裕福ではない下町の人たちにとって、安く手に入る靴は有難いのだ。

それは画期的なことだった。なので、お金には困っていないはずである。

「あんたの靴屋は繁盛しているんだろう？　なんでそんなに金がいる？」

ロゼの言葉にマトは言葉に詰まる。

「俺は反対したんだ。靴はその人に合ったものを作る。本人の足型を取ってぴったりの靴を作るんだ。それが靴屋だ。それなのにあいつら、成功したからって、古いだの儲けがないだの……俺をバカにして……」

マトは下を向いて悔しさに震えている。

「は？　それがエトを農家に売ったこととどう関係してくるんだ？」

「あいつらは育てた恩も忘れて出ていった。繁華街で大きな店を出すって。俺たち親を置いていったんだ！　今から三男を靴職人にしようと思ったが、すでに職を決めていて結婚するって出ていった。四男は間引き中だ。来年は王都に行くと言う。五人も子供を作ったのに、エトだけになってしまった。エトは緑の精霊付だ。いくらでも野菜や果物を生成できるだろう？　農家に養子に出せば、支度金が入るはずだった。エトも得意なところで働いた方がいいだろう」

自分の老後を息子たちの誰かに見てもらい、そして自由になる金がほしかった。マトはそう言っているようだ。つらつらと話すが、エトの方を見ようともしない。

「エトは魔力切れを起こすほど、酷使されていたんだぞ？　支度金とやらがいくらだったのか知らないが、かわいそうだとは思わなかったのか？」

マトは下を向いていて、どんな表情をしているかはわからなかった。

「はあ、今は見習いだから儲けはないだろうが、来年、再来年になれば儲けが出てきていただろう。エトの意見を聞き入れて、この俺の弟子として家から通わせていたら、儲けの三分の一くらいは家に入れていたと思うがな」

「え？」

ロゼの言葉にマトは顔を上げ、初めてエトを見た。

「もう遅いけどな」

――あとはエトが許すかどうかだが、俺の知ったことではない。

マトは以前に忠告済みということもあり、罰金刑金貨一枚だ。

――わお、けっこう高い。十万円だ。

マトの罰金刑の金額を聞いて、ミタとウキの親は黙って帰っていった。後日、エトはマトから謝罪されたそうだ。しかし、許すことはまだできないようで、今もギルマスの家にいる。

――それはそうだろうな、あんなひどい農家に売られそうになったのだ。助けてもくれず、金になりそうな職についたからと謝罪されてもね。

そして後日、ロゼは再びギルマス室に足を運んだ。またいやそうな顔をされた。

「今度はなんだ」

レオンが面倒くさそうに声をかけてくる。

ロゼは一枚の羊皮紙を渡す。結界魔石の請求書だ。ザリには三十個ほど作ってもらっていたが、実際に使ったのは二十七個だ。三個はもらう。手数料だな。魔石自体は自分で用立てたのでザリには結界魔法の技術分しか払っていないが、レオンには魔石代も込みで請求している。

「なんだ、この請求は!!」

レオンは驚いた拍子に椅子から転げ落ちた。コントのようだ。

「結界魔石代だ。この街のための結界だ。錬金術師御用達の街にするんだろう？　そうなると俺の資金から出すのも違うだろう？　大丈夫だ。分割でいいぞ。十三回でいい。よろしく」

それだけ言うと、ロゼは扉に向かいレオンを見ないまま手を振る。レオンは膝から崩れ落ちるのだった。

この世界ではすでに植物紙が普及しているが、この国では大事な取引や契約などには羊皮紙を使うことになっている。ムカイに事の経緯を伝えたら快く請求書の書き方を教えてくれた。

羊皮紙には微妙ながら、なんらかの属性の魔力が込められている。そして自分の魔力が入ったインクを使い契約書を作成するのだが、契約を破った者にはその魔力により印が飛ばされるのである。その印は身体のどこかに印字され、言い逃れができないようになっている。

インクは文具店に売っている普通のものだ。使用前に自分で魔力を込めれば自分専用インクの出来上がり。盗まれると悪用されるので、インクは使い終わったら瓶ごと処分するか、面倒だが少量ずつ魔力を込めるしかない。

今回ロゼの場合は請求書だが支払わなければ、責任者のギルマスに印が飛ぶ。でもやさしいロゼはサインを待たずに帰った。しかしレオンはきちんとサインをし、毎月一日に十三回払いで支払いをしたのだった。

親の件が片付き、四人で薬草園に行くようになって、三ヶ月が経とうとしている。当初は行きだけでヘトヘトになっていた三人だったが、今や一時間もかからずに到着できるようになった。

「あれからどうだ？　親がなんか言ってきている？」

「特になにも言われないけど、俺のベッドを中心に家探ししている。師匠に言われたように金は別々に隠していたけどもう四ヶ所は見つかった。問い質《ただ》したら、家賃だの食費だのと色々言われてほとんど取られた」

ウキはムスッとしているが、家庭崩壊まではいってないようだ。ちなみに一人部屋などもちろんない。

「俺んとこもだな、隠すところがもうない。だから半分だけ家に隠して、あとはこの薬草園にある木の根っこに空洞を見つけたから、そこに隠している」

ミタはすでに諦めモードだ。

「え？　いいなそれ！　俺のも隠してもいい？」

「いいぞ」

「隠し場所を言っちゃあダメだろう」

ぷっと笑うロゼ。

「もう他にないんだよぉ、ここなら誰も来ないし……」

「確かにな、でも野生動物もいるから気をつけろよ、持っていかれないように」

隠し場所について楽しそうに話をしている三人の輪に、エトは参加せずにいた。黙々と薬草に魔素の多く入った池の水を撒《ま》いていた。そうすることでよりよい薬草になる、ということをエトが発見した。

「エト、まだオヤジがなんか言ってくるのか？」

ミタが気を遣いながら聞いた。

「うん、この間は闇の日に母ちゃんと二人で来た。最近毎週なんだ。でも……」

エトはまだ親を許すことはできないようだった。

「エト、簡単に許さなくていいと思うぞ。何年かして本当に反省しているようなら連絡してもいいんじゃないか？　同じ街にいるんだ。エトが納得いくようにすればいい。変に悩むなよ。親が来るのがいやならもう来るなとちゃんと言え。考える時間をくれって」

いつまでも親のことで考え込んでいるエトに、ロゼはちょっとイライラしていた。あんな親なんか突き放せばいいんだ！　と思ってはいるが、やさしいエトはそんなことできないんだろう。かといって簡単に許すことも笑うこともできないのだ。

なら、許さなくていいじゃないか。許すときがいずれは来るだろう。

「……師匠、僕、ちゃんと言います。来ないでくれって。時間をくれっていいます」

エトは顔を上げ、ようやく笑顔になった。

初秋、間引きに行っていた連中が帰ってきた。街はお祭り騒ぎだ。今回の間引きは全員無事で帰還したことで大いに沸いた。

ピストル弾が役立ったのもそうだが、錬金術師による質のいいポーションが手に入りやすくなっていたため、ケガをして離脱した者も、回復してまた参加したりと、うまく回った。ロゼは陰ながら間引きを二重に支えていたことになる。無自覚だが。

間引きした魔獣の肉が料理され、住民に振る舞われた。魔獣の肉はマジックバッグに入っている。いくらでも入る魔法のカバンだ。しかし時間停止とはいかず、肉は次第に劣化する。その前に住民みんなでおいしくいただくのだ。

このマジックバッグは時の精霊と契約している者しか製作できず、とても高価な物だ。しかもいくらでも入るマジックバッグは国宝級だ。持っている貴族も少ない。まして時間停止の機能があればおとぎ話級だ。

イージュレンの領主はマジックバッグを数個所有しており、間引きのときのみ貸し出しをする。他の領地には有料で貸し出しているようだ。

三日三晩、お祭り騒ぎは続いた。五年に一度ということもあって、このときばかりは街に屋台や出店がたくさん並び、夏の終わりの祭りとして皆が楽しんだ。

五年前の間引きのあとは、死者を弔《とむら》ったり、家族に報告したりとお祭りムードの横で悲しんでいる者もいたようだが、今年は全員帰ってきた。皆が楽しめている。

ピストル弾の発案者ということもあり、ロゼは皆から感謝された。もう「なぜ行かなかったか」などと言う者もいない。ロゼを見た大人たちは、成人してはいるようだが線の細い男の子ではないか、屈強な男たちにまじって間引きはさすがにつらかろう、と思ったようだ。

ロゼも皆とともに英雄たちを迎え入れた。セドも無事に帰ってきて、肌も焼け、男らしくなっていた。無理やり連れていこうとしたことを謝られた。ずいぶん大変な思いをしたようで、もう二度と参加したくないとのことだ。

魔獣の素材は高く売れた。そのほとんどが参加した冒険者に追加報酬として渡された。通常はその分も税金の対象となるが、今回は見逃された。次回も間引きに参加してもらうためにレオンが領主に直談判したのだ。

――レオン、やるではないか。

後日、セドは無事に領主から紹介状をもらい受けた。すでに十月に入っていたため、王都への移動は春になるようだ。冬の間、英雄たちは若い冒険者たちの指導をおこなうらしい。

――セドも講習の先生か……

ロゼもまたピストル弾の講習を頼まれたが、実戦での経験は英雄たちの方が上だ。英雄の誰かに頼んだらいいということになった。

今年の冬は、ロゼは錬金術に集中したいのだ。低級ポーションでも大変だったのに、中級ポーションが簡単なわけがない。夏の間、ザリの弟子として頑張っていたものの週三日だけだと、やはり歩みが遅い。未だに集中が切れると低級ポーションすら失敗してしまう。

失敗してショックを受けているロゼを見て、ザリはクスリと笑う。

「いや、十回に一回は失敗するもんだよ」

ロゼは完璧主義だなぁと笑っているが、それは果たして慰《なぐさ》めているのか、本当にそういうものなのかはわからない。でもやっぱり全部成功したい。

ロゼは中級ポーションを習得してから王都に行きたいと思っている。だが、成人するまでまだ二年ある。冬からは毎日ザリの工房で働くわけだし、なんとかなるだろうと楽観視している。

秋にロゼは十三歳になった。エトたちも来年十四歳と言っていたから同い歳のようだ。錬金術のアカデミーは成人でなければ入れないわけではなさそうだ。でも保護者の許可がいる。やはり十五歳になってから王都に行こうと思う。

——あと二年、若いときの二年って長いな……

イージュレンの森に雪が降り始めた。すぐに歩くのが困難になるくらい積もるだろう。

「今日で薬草園は春まで閉める。薬草は全部刈る。春になったらまた生えているだろ。刈ったあと、池の水を撒《ま》いていこう。ミタ、よろしくな」

「わかった」

ミタは水の精霊と契約をしている。最後に魔素が染み込んだ池の水を地面に魔法で撒《ま》いてもらう。

「師匠、では今日で終わりですか？　来年はもう一緒に来てもらえないのですね」

エトは不安そうにしている。

「まあそうだけど……なんの不安がある？　エトはもう俺を超えているぞ。あとは道だな。忘れないように。……春になって最初の日だけ同行するから心配するな」

エトがずっと不安そうな顔をしているので仕方なく譲歩した。

「師匠はエトに甘いよな〜。俺たちなんてクマの魔獣の前に放り出されたんだぞ！」

ウキは憤慨している。

「おまえらは戦闘担当だろう」

「「いやいや、それでもないよ〜」」

二人はないないと首を横に振っている。一緒に精霊たちも首を横に振っている。ものすごく可愛い。

「師匠、あの……両親と決別しました。もう来ないようにも言いました。それでも毎週来ていたので、ギルマスに連絡するって言ったらやっと来なくなりました。いつか話し合えたらいいと思います」

　エトは涙目だが、吹っ切れたようだ。

「そうか――あ～、それから俺のこともう師匠呼びはなしな。ロゼでいい。みんな見習い卒業な。おめでとう」

　パチパチとロゼは拍手する。精霊たちも拍手する。

「え～でも急には……」

　三人は困惑している。

「みんなに黙っていたんだけど、実は俺も十三歳なの。先週なった。同い歳。敬語もおかしいからエトも、もうなしな！」

「え？　えー!!　うそでしょ！　十三なわけないでしょ!!」

「そうだよ！　いやいや、若いだろうと思っていたけど一五、六くらいかと……」

「……」

　ミタもウキも驚いている。エトに至っては言葉も出ないようだ。

「ずいぶん早くに家を出ていたから苦労はした。小さかった頃から父親はクズで母親は死んでいたし。ギルドに登録したときに、勝手に俺が成人していると大人たちが勘違いしてくれたから助かった。これは秘密な。あと二年、成人するまで黙っといてくれ。あっ、聞かれたら知らないとでも言えばいいから」

あっけらかんと言うロゼに三人は黙って頷いた。

「あっ、ミタとウキは金を忘れるなよ。木の根っこに隠してるんだろ？」

「え？　あぁそうだ。でも家に持って帰ったらまた取られる……」

ウキがムッとする。

「大丈夫だ、レオンに頼んでおまえらの銀行口座を開設してもらった。今日ギルドに行って預金すればいい」

「「本当か!!　やったー！　ありがとう!!」」

二人はいそいそと木の根っこに向かう。

「師匠は……ロゼは同じ歳だったんですね。それなのにしっかりしていてすごい……」

なぜだかショックを受けているエト。

「もう敬語はなしだよ、エト。しっかりしていたのは苦労したからだ。そう言ったろ？　しっかりなんてしなくていいんだ、本当は。成人したらみんなしっかりしてくる。そういうもんだろう？

俺は時期が早かっただけだ」

エトは顔を上げ、しっかりとロゼに向き合う。

「そうで……そうだね、ロゼ。僕、これからしっかりする」

にっこり笑うエト、可愛いなと思う。

「エトは十分しっかりしているよ」

ちょっと幼かったルーイに似ている。こういう顔に弱いロゼであった。

第六章　ロゼ、新たな出会い

　ロゼはたまに女の子になりたいと思うことがある。というか女の子なんだけど。可愛いワンピースを着たり、オシャレを楽しみたいのだ。以前、パン屋のおばさんからもらったモスグリーンのワンピースは、もう着られなくなっていた。身長が伸びたロゼにはツンツルテンなのだ。

　それに、ロゼはけっこうな腕力がある。特に筋トレしなくても力持ちだ。力仕事もこなせるし、剣や弓の模擬戦で男たちと戦っても勝ったりするので女の子と疑われることはなかった。

　男に寄せるためにはもう少し腕や腰まわりを太くしたい。でも乙女心としては太くしたくない。腕はともかく腰まわりは古くなった服を巻いて太く見せている。それを風の精霊たちに固定してもらっていた。

　歳は信用できる何人かには打ち明けたが、女であることは誰にも言うつもりはない。成人して王都で会ったときにでも打ち明ければいいと思っていた。でも、あと二年ある。これはきつい。胸も大きくなりつつある。父であるジョセフの服をさらし代わりにしていたが、もうボロボロだ。

　これからもっと女性らしい体型になるだろう。首などは特に男と比べると細い。今は髪でなんとか隠しているが長くはもたないと思われる。

　この初秋、ロゼは初潮も迎えた。この世界の女性にも当然生理はある。しかし、生理用品はまだ開発されていないようだ。他の女性はどうしているのだろう。だが、男であるロゼが聞くわけにもいかない。

時ちゃんの記憶によると、ちょっと大きめのペチコートの下に布を巻いているだけのようだ。

この国では男女とも薄いペチコートのような物を下着として穿《は》いている。特に生理用ペチコートなどはない。「ふんどし」みたいにしてみようか？　いつかそれ用の下着を作ろうと思う。しかし、今はない。森でふんどしを取り換えるわけにはいかないので、トイレに行くためにアパートに戻る。

汚れた布はまとめて桶に入れた。布の汚れを落とす方法を頭でイメージする。いつもの洗濯以上に強化しないと落ちない。

当初は時間がかかったが、今では慣れて十秒ほどでできるようになった。しかし、生理痛はやってくる。そのたびに癒《いや》しの精霊が身体を軽くしてくれた。あまり活躍する場がなかった白ちゃんは喜んだ。

――あ～、これから毎月これが続くのか……しんどい……久しぶりにお風呂に入りたい。森の拠点にお風呂を作ろっかな。

身体が重いときはお風呂に限る。

『今度はなにを作るの？』

土の精霊が聞いてくる。

「お風呂。お湯に浸かりたいの。生理で身体が重いときに入りたいんだ」

ロゼは森の拠点に来ていた。間引きは終わっているため、こんな森の奥には誰も来ない。ロゼも、たまに野菜や果物の収穫や自分用の薬草の採取に来るくらいで、最近は長居しない。

森はすでに雪が積もっている。まだ十一月だというのにすごく寒い。一応自分の周りには寒くないように結界を張っているが、少しは感じるようにしている。じゃないと季節感がないからだ。

『お湯に浸かりたいの？』

なにやら精霊たちが顔を見合わせている。

——なんか変なこと言ったかな？　お風呂はこの世界にだってあったはず。アパートにはないけど、大衆浴場のようなものはあるよね。もちろん私は行かないけど。

「どうかした？」

『近くに温かい水があるよ』

『大きな池、昔から温かい水が出ているの』

「え？　それ温泉じゃない？　行きたい！　時ちゃん連れてって！」

——なんと温泉！　火山とか、この世界にもあるのかね。それとも違う理由でお湯が出るのかな？　まあいい、温泉、温泉。

早速、精霊たちと温泉に向かう。転移した先は、真っ白な白銀の世界。こちらにも雪が積もっている。誰もまだ足を踏み入れたことがないような世界。シンと静まり返っていて、目の前には精霊たちが言っていたような池がある。湖とまではいかない大きさだ。泉というのかな？

泉の周りには木々が生えている。おそらく、かなり森の奥深い場所だろう。泉の中に、大きな木がある。真っ白な幹が泉から伸びているかのようだ。それはそれは美しい。

その泉からは湯気が出ている。

静かすぎてゾクリとする。神様でも出てきそうだ。

「ちょっとみんな、ここヤバイところじゃないの？　私みたいな一般人が来ていい場所じゃないんじゃない？　まずいよ。帰ろう……」

『なんで？　なにかヤバイ？』

緑の精霊が笑っている。

『そうだよ。ここは昔から病気の人とかが来て身体を休めていた場所だよ』

『そうそう、今は魔素が増えすぎちゃって人間が入ってこれなくなっただけ』

『そうだよ。みんな喜ぶ！』

それぞれの精霊が大丈夫だと言っている。

近づいて泉に手を入れてみる。温かい。四十度くらいか、もう少し熱いくらいだろう。ちょうどいい湯加減だ。ロゼは服のまま入る。ここで裸になる勇気はなかった。

首まで浸かると、じわじわと身体が温かくなる。今までの疲れが吹っ飛ぶほど気持ちがいい。日本の温泉ではタブーだが、異世界だからいいかと頭まで潜る。その中で頭をごしごしと洗う。今までの疲れと汚れを温泉が消してくれているようで、湯から出たくなくなる。気持ちよすぎて、鼻と口だけ湯から出すようにしてロゼは湯に溶け込んだ。

『ロゼ、お行儀が悪いよ』

精霊から注意をされ、湯から頭を出す。

「はあ、こんなに気持ちいい温泉、入ったことないよ。このお湯、本当に身体にいいの？　麻薬とかじゃない？」

湯から頭を出したロゼは、汚れが落ちて素顔があらわになっていた。普段のロゼは、土と煤《すす》を混ぜて腕と顔に塗っている。髪にも同様にすり込んで油でギトギトにしていた。それがすべて取れ、きれいな青みがかった銀髪に白くなめらかな肌の少女の顔になっていた。

「煤《すす》も全部取れちゃったね。すごい。普段は魔法を使わないと取れないのに」

『身体にいいお湯だよ。だけど、人間は忘れちゃったの』

『もう来ない』

精霊たちはなんだか悲しそうにしている。

「ここに人間が来てほしいの？　なんで？　来なくてもよくない？」

『レイジュ様は人間が好きなの、お祭り騒ぎが好きなの！』

『人が持ってくる食べ物も好きだよ。もう二千年くらい食べてないって』

「レイジュ様って誰……？」

ロゼはいやな予感がした。このものすごく大きな木、神々しくってまさに神木って感じだ。それに周りもシンと静まり返っていて……。いやな予感しかしない。

——か、帰ろう。

転移しようと思った矢先。

『もうちょっとゆっくりしていけ』

ぎゃあああああっと心の中で叫ぶ。

後ろの神木っぽいものの方から聞いたことのない声がする。ゆっくりと振り向くと、神木の大きな根っこに誰かが座っている。先ほどまで誰もいなかったはずだ。

長い白髪に長い白い髭《ひげ》のおじいちゃんだ。瞳は、はちみつ色。金色というのだろうか。杖は持っていない。やさしそうなまなざしでロゼを見ている。

『口がきけんのか？』

ロゼははっとする。

「こんにちは、お、お邪魔しています」

『ああ、人間は久しぶりじゃの～。ゆっくりしていけ』

長い髭《ひげ》を撫でる。

「あ、ありがとうございます、レイジュ様ですか？」

『まぁそうかの。精霊たちはそう呼んどるな。わしは世界樹の精霊だから、レイジュなのではないか？』

ロゼはびっくりして精霊たちを見る。精霊たちはウンウンと頷いている。

「世界樹って聞いたことあります」

――前世で……

『ほう、そうか！　今の人間たちは、もうわしのことなど忘れていると思っていたが、伝説として名が残っていたかぁ。うれしいのぉ』

ふぉふぉふぉと、レイジュ様はご機嫌に笑っている。

伝説ではなく、前世の物語として知っているだけだ。

「いえ、今この国の住民がレイジュ様を知っているかは把握していません。私が知っていただけです。精霊たちから今聞いたばかりです」

ロゼはストレートに伝える。

『ん？　やはりそうか……もう何百年も人間を見ていない。覚えている者はいないか……』

寂しそうに俯《うつむ》くおじいちゃん。

——いや、だから覚えているかいないか知らんと言っている。

「以前はここに大勢の人が？」

こんな魔素が濃い森の奥に人が来られるものだろうか。

『昔は人間が遊びに来ていたな。わしも若かったから、魔素もこんなに濃くなかったからな』

おじいちゃんは昔を懐かしむ。

「若かったら、どうなんでしょう？」

——若いとなんの関係があるのか。

『わしが若いとこんなに魔素は濃くならない。魔素は土から吸収され、魔素を浄化したうえで植物から放出される。木が古くなると魔素が浄化できなくなる。そのために古くなった木を切って処分し、若い木が育ちやすくなるようにせねばならん。わしは今五千年ほど生きておる。三千年あたりから魔素が急激に濃くなり、わしを切ってもらわなければならなかったのだが、人間が嫌がった。

わしと仲良くなった人間たちはわしを精霊王なんて呼んで尊敬していたが、切られなかったためにますます魔素が濃くなり魔獣が狂暴化した。そして、人間はここまで来られなくなった』

――精霊王様でしたか、いやびっくりだ。

「じゃあこの大木を切ったら魔素が薄くなるの？　レイジュ様は死ぬの？」

『お、おぬしは言いにくいことをつらつら聞くのぉ』

はちみつ色の瞳が困惑している。

『この古木を切れば、魔素は薄くなり、森は魔獣が減るだろうな。わしはまた若い木に戻る。その繰り返しじゃ』

「え？　若い木になる？　記憶はそのままで？」

『いや、この記憶はなくなるだろうな。知っているだけとなる』

「記憶はなくなる……」

知っているとはどういうことなのか。言葉はわかる。人間のこともわかるということだろうか。でもレイジュ様が歩んできた記憶はない。記憶がなくなるのであれば、死ぬのと同じことではないか。このやさしいまなざしのおじいちゃんを殺す？　なるほど、昔の人ができなかったわけだ。

精霊同様、ロゼも悲しくなる。

『いずれは切ってもらわなければならぬ。今でもよい。なにもせずともわしもいずれは死ぬ。だが、その場合、古木は朽ち果て腐り、やがて臭気をまき散らし、今よりもっと魔素を大量に放出するであろう。そのとき、魔獣によるスタンピードが発生する。わしも若い木にはもう戻れぬ。世界樹は枯れる……』

——情報量が多すぎてよくわからない。つまり切るしかないのか。その役目は私になるのだな。他にここまで来られる人はいないもんね。転移できる人はいるかもしれないが、その人を見つけてここまで連れてきて説明する苦労を考えれば、私が切った方が早い。

ロゼはお湯に浸かりながら空を見る。

——世界樹が枯れたらどうなるのだろう。怖いから聞かないけど。

「そのときが来れば私が切るよ。これで世界樹は枯れないよね。それでいい？」

『ふぉふぉふぉ、そうかい！　それはよかった。ありがたい。今切ってもらってもいいんじゃがの……』

レイジュ様は笑顔になり、早く切ってくれと言わんばかりだ。

「いやいや、急に切れないよ。まだ、大丈夫なんでしょ？　それに根回しとか必要ないの？　あとから違う神様みたいな人が出てきて、『おまえがレイジュ様を殺したのか！』とか言われない？　そこら辺はちゃんと遺言とか連絡とかしといてもらわないと」

このあたりはラノベのお約束である。

『違う神様とはなんじゃ？　わしには知り合いはおらん』

——いないのか？

『精霊たちが遊びに来るくらいじゃ。もうつまらぬ、誰も来ぬような場所なぞ。早くこんな古木、切ってくれ』

——投げやりだな……

レイジュ様はもう何千年もの年月を一人で過ごしたのだろう。もう疲れたのだと言う。はちみつ色の瞳が悲しそうに笑う。

「わかったけど、二年後でいい？　私が十五歳になって旅立つときに切りに来るから。私とともにレイジュ様も一緒に旅立ちましょう！」

なんかいいことを言っているようだが、生理のときに温泉に浸かりに来たいだけだ。古木を切ったあとも温泉があるとは限らないので、なるべく切りたくない。

『おお、それはいいの！　一緒に旅立とう‼』

レイジュ様も乗り気である。レイジュ様は二年後に旅立つことができると決まり安心したのか、楽しそうに昔のことを話す。

全然アパートに帰れない。一週間ほど休みたいとザリには連絡してあるからいいのだが。

ロゼも温泉を楽しみ、キャンプをして二、三日寝泊まりをした。レイジュ様の話だと、昔この温泉は療養所のように使われていたようだ。この温泉水は新しいポーションの材料にいいかもしれない。新しいポーションを開発すると博士号がもらえるらしい。

「レイジュ様、この泉の水、少しもらっていい？」

『いくらでも持っていくがよい』

レイジュ様からお許しが出たので時ちゃんに収納してもらう。泉の水は一気に半分ほど減ったが、またすーっと元に戻った。

――時ちゃん、もらいすぎでは……

『おお、そうだ。底をさらってみよ。人間にはいい物があるかもしれん』

大木の近くまで行くと、底が深くなっている。ロゼでも足が届かない。水の魔法を使って泉の底をさらう。

「金貨だ。あっ、しかも初代だ！　今のシュッとした横顔の王様とは違い二重あご！」

初代国王の金貨なんてプレミアがついていて値がつけられないほどだ。

『ふぉふぉふぉ、初代とな！　そやつもよく来ておったな。いい王だったたな』

「え！　初代も来ていたの？　そんな昔から……」

『五千年生きておる、そう言うたではないか』

確かに今は王朝暦二五六七年だから、この王朝が始まるもっと前からレイジュ様は生きている。

ちょっとしんみりする。

――まっ、そんなことより、泉の底は金銀財宝ザックザクだ。

初代だけでなく二代目、三代目、四代目の金貨や高価な宝石付のネックレス、指輪、ブローチ、イヤリングなど年代物の宝石なども出てきた。なんで金貨や宝石がこんなところにと思ったが、七代目までここに財産をよく隠しに来ていたらしい。王家よ……

――全部もらう。いつか売りつけてやろう。

生理が終わったのでアパートに戻ることにした。生理じゃなくても闇の日に来るからと寂しがるレイジュ様を宥めて帰る。

留守中にザリやエトたち、セドなどが訪ねてきていたようで心配された。体調が悪かったと伝えたら、お見舞いに来てくれた。エトたちとセドからは滋養にいい果物などをもらってしまった。これはありがたくいただく。今度、飯でも奢《おご》ろうかな。

うれしかったが、これから毎月のことなのでどうしたものかと考える。

ロゼの生理はちょっとキツめだった。前世の頃はムリして出勤していたが、この世界でムリをするなんてナンセンスだ。実際にザリはちょっと気分が悪いと言っては休んだり、すぐに帰ったりしている。ポーション飲め！　と言いたいところだが、ポーションを飲んで家で休む社会なのかもしれない。

また日常の生活に戻る。ザリの工房へと向かう。

新雪のため、雪が柔らかい。雪は好きなので誰も踏んでいない道をあえて歩く。ザリの工房に着くとまず、工房の片付けから始める。たった一週間で工房は泥棒でも入ったかのごとく荒れていた。せっかく新雪を歩き楽しい気分で出勤したのに、げんなりである。

ザリは腕がいいのか、ザリ専用のポーション置場が各店に設置されるほど人気があり、常に品薄状態だ。ザリはロゼと同じく水の精霊と契約をしている。髪は薄い青で、はちみつ色の瞳だ。でもレイジュ様とは違う。金色というより黄色に近い。

ザリの精霊は、ロゼを見るとすぐに隠れてしまった。人見知りの精霊なのかな？

ちなみに水の中級ポーションは、ひどい頭痛やめまいなどに効く。中高年が陥《おちい》りやすい症状のため、需要に事欠かない。出荷してもすぐに売れてしまうため、少し割高にしているという。普通三十ベニーのところ、ザリ印の中級ポーションは四十五ベニーなのだとか。

――いや高い！　頭痛薬に四千五百円も払わない。

ロゼは工房に散乱している鍋や器をひとつひとつ丁寧に洗い、ゴミを片付けていく。

一週間分ため込んでいたため、昼までかかった。

「一週間休んでなにしてたんだ？　アパートに寄っても留守だったし」

まさか精霊王と談笑してたなんて言えない。

「ちょっと体調が悪かっただけだ。夏に少し無理したから。宿で静かに寝ていたよ」

「そうだったのか？　どこの宿だ？　今度休みを取ったときはお見舞いに行くから教えといてくれ」

「ありがたいが、そういうのがいやだから黙って宿を取ったんだ」

「え？　でも心配だろう」

ロゼは沈黙することにした。こういうのをありがた迷惑という。あんまり深入りしてほしくない。まだすべては話せない。成人するまでは誰とも深く関わらずに過ごしたいのだ。

「おまえは壁があるな」

ザリがため息をつく。

――壁のない奴がこの世にいるのか。そんなのはただの幸せな奴だ。俺にはあり得ない。ザリは幸せにその歳まで過ごしたんだな。うらやましい。でも私は違う、ほっといてほしい。

ザリは以前から一緒に風呂屋に行こうと言ってくる。ロゼが汚らしいからだろう。もちろん断る。最近毎日言ってくるから、なにか理由があるのかと聞いてみた。汚らしすぎて近所迷惑とか言われてザリに迷惑がかかっているのであれば、どうにかしなければならないだろう。

「ああ、近所の八百屋《やおや》の二番目のお嬢さんの婿にどうかって言ってきて。俺の弟子なら将来安泰だとか。今度お見合いをしないか？　気立てもいいし、近所でも人気の子だよ」

ザリがにこにこしながら言ってくる。

「お見合いなんてしない。そんなことで風呂屋に行けって言っているのか？　だったらもう二度と俺の私生活に関与しないでくれ。作業のことならともかく、そんなくだらないことで指図されたくない」

「くだらないって、結婚はくだらなくないだろう？」

「大きなお世話だよ。結婚相手は自分で決める」

「弟子の結婚相手を決めるのも、師匠の仕事なんだぞ」

「じゃあその仕事は放棄してくれ、ポーション作成のみでけっこうだ」

「頑《かたく》なだな……」

「……」

ロゼは自分の仕事に戻る。薬草を均等に切ったり、潰したり、乾燥させたり、やることは山積みだ。休む前にたくさん用意しておいたのにもうない。ザリは自分では一切やらないらしい。

他にも薬草の在庫数の把握、保存状態の確認、売上金額の確認、取り寄せの依頼、注文数の確認、出荷の確認、瓶の回収、洗浄、足りなければ瓶の注文などなど。弟子というか事務員のような仕事をしている。余った時間で練習しているのが現状だ。早く中級ポーションを作れるようになって面倒なやり取りをなくしたい。

ポーションの種類は、赤・青・黄の三種類。赤は火属性、青は水属性、黄は風属性に分けられる。赤は患部にかける薬、青は飲み薬、黄は総合薬となる。

低級の場合、赤は擦り傷などの外傷に効く。値段は五ベニー。青は軽い頭痛、めまいなど体調不良から来るものに効く。値段は五ベニー。黄は、あかぎれや水虫などの雑菌などから来るものに効く。値段は十ベニー。

中級の場合、赤は筋肉まで切れている場合などの深い外傷に効く。値段は六十ベニーから。青はひどい頭痛、めまいなどに効く。値段は三十ベニーから。黄はひどいあかぎれや水虫に効く。値段は二十ベニーから。

高級の場合、赤は骨折など骨まで影響が出たものに効く。値段は百ベニーから。青は内臓系の病気など臓器まで影響が出たものに効く。値段は百ベニーから。黄は皮膚病などの場合に効く。値段は五十ベニーから。

錬金術にはポーション作成だけでなく、魔法の付与なども含まれるが、付与は魔力が多く必要になるため、別枠になる。アカデミーで付与科に進み、資格を取得すれば付与錬金術師の称号を国からもらえる。よって、多くの者はポーション作成のみで卒業する。超高級ポーションなどもあるが、そこまで達する者は国でも一握りである。

他にも薬草学や病気の種類など、学ぶことが多い。高級ポーションだからと完治する保証はなく、最終的には錬金術師の腕による。そこは前世と一緒である。医者の腕にかかっているという感じである。命にかかわるポーションは、勝手に作成することは禁止されている。高級ポーション以上の作成は国家資格が必要になる。

なかなか全属性を取得するのは骨が折れそうだ。

三属性取得するなど奇跡に近いことなのだが、ロゼはそのあたりがまだよくわかっていない。

ちなみに、ポーションが入っている容器にも決まりがある。国で指定している規格のものでなければならない。ガラス製で、低級ポーションは三角の形をした容器、中級ポーションは四角い形をした容器、高級ポーションは丸い形をした容器と決まっている。

ガラス瓶にも値段がある。低級は五ベニー、中級は十ベニー、高級は十五ベニーする。ポーションと一緒に支払うが、瓶は後日お店に返せば支払ったお金が戻ってくる。それを洗って使い回している。水魔法でしっかり洗浄しているため、衛生的には安全と言える。洗浄のみの業者もあるのだ。

ザリからのお見合いの申し出を何度も断っていると、直接相手の親が声をかけてくるようになった。まず、風呂屋に一緒に行って裸の付き合いをしようとしてくる。

——もう……勘弁してくれ。

もちろん断る。しかし、腕を取って無理やり連れていこうとするので水の魔法で投げ飛ばす。その親とケンカになる。街の兵士が仲裁に入る。兵士にお見合いを勧められる。断る。それが冬の間、何度か続いた。去年と同じだ。いい加減にしろと兵士に言われる。俺のセリフだと返す。お見合いは誰ともしないと宣言する。これも去年と同じ。

見合いの件でポーション作りに全然集中できない。ザリの世話で忙しいのもある。弟子なので給金がない。弟子になる前は少し給金をもらっていたが、弟子に昇格してからは給金が出なくなった。それが普通なのだそうだ。

じゃあどうやって生活するか。師匠が面倒を見るのだそうだ。見てもらってないのだが。ロゼは未だにギルドのアパートから工房に通っている。

——なんかイライラしてきた。でも中級ポーションの資格をザリにもらわなければ王都の錬金アカデミーには入れない。いや、入らなくてもいいのだが。入れればと勧めてきたのはザリだったか。まさか雑用をさせるためにあんなことを言ったのではないだろうな。疑心暗鬼になる。直接聞いた方が早い。

「ザリ、この雑用も弟子の仕事なのか？」

冬も中盤になる頃、聞いてみた。雑用とは注文や発注などの事務作業のことだ。ザリは一瞬ピクリと顔を強張らせたあと、ロゼに向き直り、にっこり笑う。

「いや、違う……。実は事務仕事は別の子を雇っていたんだが、その子が辞めた直後にロゼが入ってきてな。ずいぶんと手慣れていたからそのまま仕事をしてもらっていた。すまん、新しい子が来るまでお願いしたい」

悪気のなさそうな顔で言われる。手慣れているのは当然である。ロゼの前世の仕事は経理事務員だ。

「給金を請求する。今までの分もだ。これからはしない。自分でやれ」

ロゼは溜まっている事務仕事を放り投げた。

「ロゼ、すまない。給金は払う。も、もう少し事務員兼弟子を続けてくれないか？」

ザリは慌てて金を出そうとする。

「金はきちんと計算をして請求する。そして金が払われるまでは事務仕事はしない」

――ザリに裏切られた。よかれと思ってやっていたら利用されていた。今までは受付や注文や発注、その他すべての作業をロゼが対応していた。それも弟子の仕事だと思っていたからだ。弟子の仕事ではないのならもうしない。

しかし、今までロゼが対応していたのに急にザリが対応すると、ロゼが仕事を放棄しているなどと噂が流れかねない。業者が来るたびにザリのおこないを説明しよう。前世で、なにも言わずに黙って耐えていたらうそが真実のようになってしまったことがある。この世界では正しく主張させてもらう。

「……なのでこれからは新しい事務員が来るまではザリが対応する。俺を呼ばないでくれ」

早速、業者に説明した。これから事務員が来るまでザリが自分で対応するのだ。冬は新しい人材の確保が難しいだろうが、ロゼの知ったことではない。

「え？　新しい事務員を募集するのか？　じゃあ、なんでココをクビにしたんだ？」

「ココ？　クビ？」

「そうだよ。あんたが来る前に働いていた事務員だよ。あんたが事務員兼弟子になるから辞めてくれって言われて、ココは泣いていたんだ。急に言われても困るって……」

「俺はただの弟子だ。事務員と弟子を兼任するなんて一言も言ってないし、給金ももらってない」

二人は沈黙し、ザリを見る。ザリは顔が青くなっている。

「いや、ち、違うんだ……」

言い訳しようとするザリに業者がなぜか強く詰め寄り、ザリはその迫力に負け、とうとう白状した。元々経営難だったところ、間引きに参加していないロゼを見つけた。ロゼを弟子にして雑用を押し付けてしまえば、事務員の給金が浮くのではと考えた。以前の講習で黙って片付けをしてくれて便利な男だと思ったのだと。

それで間引きを引き合いに出し、他では苦労すると大げさに言ってロゼを焦らそうとしたらしい。焦ってはいなかったが、まんまと引っかかった形になった。

ロゼの件がうまくいったので、ザリは事務員をクビにした。要は事務員の給金をケチったのだ。そういえば、準備があるから来週から来てくれと言っていた。なんの準備があるかと思っていたが、事務員をクビにしていたのか。

そもそも去年、講習を受けるとき、なぜたくさんいる錬金術師の中でザリの工房を選んだのか。それは人気がなく、活気もなかったからではなかったか。

あのときの講習人数は七人だ。人気のある講習は三十人と多く、ギルドから部屋を借りて講義している人もいた。しかし、人と深く関わらないようにしていたロゼには人気がない方が都合がよかった。

だがなぜ人気がなかった？　それは腕が悪いからに他ならない。では今、人気があるのはなぜだ？　人気が出始めたのはロゼが出入りし始めた夏の後半からだ。

弟子の仕事だというので、ロゼは薬草選びから切ったり煮たり煎《せん》じたり乾燥させたり調合をしたりしていた。わざわざ器に薬草を小分けにして机の上に並べていたりもした。仕上げに水魔法で配合するのがザリだった。

――これ、犯罪ではないか？

要は最近のザリ印のポーションの人気はロゼのおかげだった。業者はこのことを商人ギルドに報告すると言って帰っていった。

ザリの顔は真っ青だ。

「ロゼ、その……すまなかった」

「……あんたは俺の心配をするフリをして自分の利益を追求していたんだな」

ふぅと、ロゼはため息をつく。

「……このことは」

「レオンと相談する」

「い、いいのか……年齢のこと、お世話になった人たちを偽《いつわ》り、騙《だま》してきたのだろう？　ロゼ、このことをその……レオンには自分から言い出したことにしてくれないか？　ロゼは事務員のことは知らなかったことにすればいい！　それからきちんとココにもお詫びをして補償金を納めるよ。これからはロゼにも事務の給金を払おう。どうか許してくれないか。田舎に妻子を置いてきている。金が必要だったんだ」

ザリは、なんとか許してもらおうとして、年齢のことをバラすぞ、と脅しにかかってきた。後半の部分を先に言えば少しは温情を出したかもしれないが、己のことしか考えていないのがバレバレである。妻子も本当にいるのかどうか……

「レオンと相談する」

ロゼは冷たく言い放った。本当はザリの支離滅裂でよくわからない言い訳がおもしろくてもっと聞いていたかったが、逆上されたらなにをされるかわからない。さっさと帰ることにする。

がっくりと肩を落とすザリを見て、ロゼはどうしてもっとうまく俺を使わないのだろうかと思うのであった。このまま普通にロゼが弟子として来ていたらもっと繁盛していただろう。ロゼが使えるとわかったなら、事務員を雇い直すか呼び戻すかしてロゼを薬草の調合に集中させて、ザリが水魔法で配合だけしていれば大儲けだったじゃないか。

事務員の給金なんてそんなに高くない。ロゼはただ働きなわけだし。しかも、ロゼは成人までこの街にいるのだから、あと二年は荒稼ぎができていただろう。

――まっ、自滅してくれて、俺は助かった。

レオンに事の経緯を説明して調べてもらう。またおまえかと呆れているが、ロゼだって不本意である。

しばらくすると、ココという女性従業員がいたことや、ある日いきなりクビになり、この件に関して黙っているように言われていたことがわかった。公表すればおまえの評判が悪くなる、嫁のもらい手がなくなるぞと言われたらしい。

そのため自分の落ち度でクビになったような気がしたのだそうだ。

——年がいった中身がおばさんでも騙《だま》されるのだ、若いお嬢さんでは無理もない。

しかもザリはロゼが弟子になったと近所にそれとなく流し、嫁候補を探してやっていると吹聴していた。すでにピストル弾での功績があったロゼは、見た目がどうあれ人気があった。ザリは見合いを斡旋《あっせん》する代わりに商品を安くしてくれと交渉していたのだ。ロゼとお近づきになれるならと、無料にしていた商店もあるとの報告もあった。

——なるほど、そういう使い方をしていたわけだ。

今回のザリのおこないは、罰金刑になった。金貨五枚だ。

商人ギルドからもこの行為は公表され、ザリはこれから一年間、ポーションの製作販売ができなくなった。そしてこの夏からの売上はすべて没収されることになった。

仕入と売上の損益が細かく記されていたため、滞りなく事は進んだ。その没収されたお金は、ロゼとココが半額ずつ受け取ることになった。

ちなみに、ココはザリの工房に来ていた業者と結婚することになったようだ。

──あぁ、だからあんなに詰め寄っていたんだな。愛だな。

ココは二十一歳。この世界では結婚適齢期を過ぎているようで、そのあたりをつかれ、ザリに言いくるめられたようだった。二十一歳なんて若いけどね、と思うロゼであった。

後日わかったことだが、ロゼが一週間休んだとき、用意していた薬草が切れたため、ザリはロゼのアパートに催促に訪れていたのだとか。

薬草など買えばいいのでは？　と思うのだが、ロゼが調合していない薬草を使うと一気に質が落ちたらしい。以前のザリのポーションに戻ったので、商人ギルドもおかしいと思っていたようだ。

──ああ、あれも俺の心配をしているわけではなかったのか、そういえば宿の名をしきりに聞いていたな。

ロゼは深いため息をつき、自分の浅はかさを呪う。

ロゼは当初、ちょっとザリをいいなと思っていた。たれ目で少し皺《しわ》があるが、味がある。自分のことを親身になって心配してくれた。

もちろんすぐに恋に走ったりはしないが、成人してからのことを妄想したりしていた。バカである。また、レイジュ様と似たはちみつ色の瞳にやけに甘さがあるように感じていた。アホである。

しかし、ザリの工房に通ううちに冷めた。ザリのルーズなところや雑な仕事、仕事への向き合い方などが自分とは合わないと感じていた。だから、問い質《ただ》したのだ。ザリが仕事に対して真摯《しんし》に向き合っていたら、そのまま騙《だま》されていただろう。

──ま、そんな人は詐欺行為なんてしないか……

自分がこれほど人を見る目がないとは呆れるばかりだ。罠を張って、篩《ふるい》にかけ、信用したのが詐欺師だった。情けない。ロゼははぁとため息をつく。

中級ポーションの資格を取るために、レオンの計らいでキキという女性の錬金術師を紹介してもらえることになった。

――女性の錬金術師なんていたのか。しかし、レオンには世話になりっぱなしだ。信用する奴を間違えたか。

第七章　ロゼ、錬金術師をめざす

レオンに紹介された女性錬金術師キキも、水の精霊と契約している。オレンジがかった金髪で、瞳は濃い青だ。紺に近いかもしれない。その瞳は引き込まれそうになるほど美しい。キキが契約している精霊は二体いて、水の他に風の精霊もいる。他にも数体の精霊がキキの周りを楽しそうに飛んでいる。

キキはアカデミーを卒業している高級付与錬金術師だ。国家資格持ちである。

ザリの精霊が隠れてしまっていたのは人見知りなどではなく、悪いことをしていることを申し訳なく思っていたそうな。ロゼにごめんなさいと言ってきて、そのままロゼのところにいる。ザリとの契約は解消したようだ。

「ひどい目にあったわね。最初から私のとこに来ればよかったのよ。ロゼは優秀なのに、よくあのザリの講習に行ったなって思っていたのよ。レオンに注意させるべきだったわ」

キキもピストル弾の講習を受けていた。

「あんたが錬金術師だなんて知らなかった。それに他の講師は人気があったし、弟子もたくさんいるだろう？　人付き合いが苦手なんで人気の講師は避けていたんだ」

いちいち講習に来ている生徒の職など聞かない。明るい、感じのいいおねえさんだと思っていただけだ。

そういえばキキの服装は少し変わっている。みんなが着ているようなワンピースドレスやマキシ丈のスカートではなかった。ガウチョパンツのような幅の広いパンツルックだ。動きやすいからだという。変わったスカートだなと言うと、自分で作ったのだと言った。

男性の社会で働く女性だったのだ。ギルドの一室を借りて講習をしていたのは、キキだったようだ。見学をすればよかった。そうすれば女性の錬金術師がいるとわかったことだろう。

「ザリとは同期よ。アカデミーで一緒だった。あいつは昔から人たらしだったわ。やさしそうな顔をして近寄ってきてうまいこと言うのよ。まるで自分で選んだ道を歩んでいるかのように思わせるの。口がうまいのよ」

まさにそれに引っかかった。

「面目ない」

「いやだ。ロゼは若いもの。口車に乗せられるのは仕方ないわ」

――中身はおばさんですが……

「でもその様子だと教えることはないわね。さすが人気になるだけのことはあるわ」

キキは急にザリのポーションの質が上がったのをあやしんでいたらしい。

今日はキキの講習は休みだが、頼み込んでロゼを見てもらっているのだ。いつも借りている一室で、ロゼに低級と中級ポーションを一から作らせている。低級ポーションは問題なしであった。

「中級も素材に関しては問題ないわ。あとは魔法での配合ね。それは明日からにしましょう。レオンがギルマス室に来てほしいって言っていたわ」

「わかった。明日からお願いします。あと、見てもらいたいものがある」

ロゼは三つの魔石をキキに見せた。

「結界魔石ね。大きくて立派ね。結界は……あまり魔力配合が整っていないわね。ん〜、ちゃんとしたところでやり直してもらった方がいいわね。これだと五、六年で劣化してしまうわ」

キキがなにかレンズのようなもので魔石を見ている。なにを見ているのかわからないが、あまり質がよくないらしい。ロゼはため息をつく。

「やはりか、キキ、冬の間に作業をお願いできないかな。金はもちろん払う」

埋めた魔石を回収せねば……また面倒な……

「あっ、これザリね。あ〜もう安くしとくわ。で、ザリはどれくらい取ったの？」

「魔石は自分で用意したから、作業料として一個大銀貨二枚」

三十個で金貨六枚、六千べニーだ。

「えっ!!　魔石なしで六千ベニー!?　高すぎるわ！　しかも質悪いし！」

キキは迎天している。

「結界魔石は店で頼むと一個金貨二枚したんだ。だから頼んだ方が安いなと……」

一応、店の下見はしたのだ。

「頼むときは、馴染みではなく実力のある錬金術師に頼みなさい！」

「はい……」

怒られてしまった。

「キキ、その倍払うよ。金貨十二枚でやってくれない？」

「はぁ……あんたはまたそうやって実力もわからないのに……まったくまだまだ子供ね。いいわ、引き受ける。ついでに質の見極め方も教えておくわ。どうせアカデミーで習うんだけど！　あんたは危なっかしいから、もう教えておく!!」

ロゼはお礼を言うと同時に、恥ずかしくなった。おばさんだから人生経験は豊富ですぞよ、なんて思っていたのに、まったくダメだった。

キキは王都の錬金アカデミーの卒業者だ。付与も合格している実力者である。きちんとした結界魔石を作ってくれるだろう。ザリに支払ったものの倍額にしたのは、国家資格を持つキキがザリと同じ金額ではバランスが取れないと思ったからだ。キキも質の見分け方を教えることでその金額を受け入れた。ザリに払った金貨六枚は勉強代だ。

「ロゼはピストル弾の講習で得たお金があるのよね。だから変なお金の使い方をするんだわ。結界魔石三十個なんてなにに使うの？　おもちゃじゃないのよ？」

　キキには正直に森の中の薬草園のことを話した。またもやすぐに人を信用してぺらぺら話してしまったが、結界魔石は必要なのだ。五、六年で劣化するなんて命にかかわる。

「ああ、ロゼだったのね。質のいい薬草を定期的に売りに来る子がいるって噂になっていたわ。それで私も王都からこっちに移住してきたんだもの」

「今は薬草を育てているけど、俺のときは違うよ。群生地を見つけて少しずつなくならないように採取していただけだ。俺から引き継いだ子は緑の精霊付だからその群生地を育てている」

　ロゼは、今はエトたちに引き継がれていることと、考えていた設定を交えてそれっぽく説明した。

「俺は魔獣を狩れるけど、その子たちは未成年だから安全のために結界魔石を埋めているんだ」

　キキは納得して、作り直すことを約束してくれた。

　キキにお礼を言い、ロゼはキキと一緒にギルマス室を訪れた。

「ちょっとロゼに相談があるんだ」

　レオンが慌てている。なんだろう。

　話を聞くと、ピストル弾の講習をセドや他の何人かでおこなっているのだが、受講者がなかなか習得できないようだ。

　夏の間引きで死者がゼロだったことが噂になり、冬の間、王都近辺からも冒険者が習得しようと移住してきている。だが、冬も中盤にもかかわらず未だに十人ほどの合格者しかいないのだという。

　その十人は王都から来た手練れたちだそうで、彼らも簡単に習得できると聞いてきたのになかなか難しかったと言っているらしい。ロゼが講習をしていたときは二回目で習得している人がたくさんいた。

なにが違うのだろうか？　翌日の講習で確認することになった。発案者が来るということで、習得した十人もやってきていた。

「へぇ、こんなカワイ子ちゃんが発案者なのかぁ。確かに小柄で線が細い子の方が向いている攻撃方法だがな」

王都の手練れたちだけあって、大柄でたくましい。ロゼを見ながらにこにこしている。もちろんバカにしている感じではないので、正直な感想を言っているだけだろう。ロゼは精霊たちを見る。講習の生徒たちの精霊たちがこちらを見ている。

──なにか大人しい。なんだろう？　ちょっと話をしてみたいな。

ロゼがどうしたら話せるか悩んでいると、精霊たちが話しかけてきた。

『教えてもらわないの』

──ん？　教えてもらわない？　なにを言っているかわかりません。

『あなたの精霊が伝えてくれるのであれば伝えるけど、あなたが発明したことを勝手に違う精霊からは伝えられないの』

近くにいた大きな火の精霊が言う。

──精霊の世界にもルールがあるの？

ロゼは独り言を心の中で言ったつもりだったが、返事が来た。

『そんなのないけど、あなたは金貨をもらえるとうれしいのでしょ？』

金貨？

『金貨をもらうといい』

火の精霊はにっこり笑う。要するにロゼが金貨を手に入れられないのにピストル弾を伝えることを精霊たちが拒否しているらしい。

ロゼが教えていいよ、と言っても、金貨をもらってない、それはできない、と言われた。

——頭痛が……自分で全員に教えるなんて面倒だし、でも私が金貨を手に入れないと精霊たちが動かない。私の精霊たちも動かない。私、どれだけ精霊に愛されているの？

ピストル弾の魔法を習得するために、精霊たちの間でやり方を伝え合っているのだ。それが一番早いらしい。手練れともなると精霊の力は必要ないのかもしれないが、彼らは、王都の騎士団の精鋭たちだ。一般の人たちには難しい。

ん〜と悩むロゼ。

「ちょっといいか？」

王都騎士団の手練れ一号だ。最初に習得した騎士のようだ。

「俺はジンという。ちょっとギルマスと相談をしよう」

そう言うと、ロゼを引っ張ってギルマス室に向かった。

「なんだ？　解決したのか！」

レオンとキキがいた。

「いや、ちょっとこのロゼと話がしたくて。ちょっといいだろうか？」

ジンはロゼと二人で話がしたいようだった。

「ああ、いいだろう。俺もいいだろう？　キキもロゼの師匠だ。いいな」

勝手に決めていく。なんの話があるのか……

「ロゼ、言いにくいかもしれないが……君は精霊と意思疎通ができるのではないか？」

ジンはロゼを見つめて単刀直入に聞いてきた。

意思疎通……息が止まる。なんと答えるべきか……とロゼが悩んでいると、ジンが続けた。

「俺はできる。というか、なにを考えているかちょっとわかるくらいだが……」

え？　とみんながジンの方を見る。

「そんな奴がいるのか!!」

レオンが叫ぶ。キキとジンがロゼを見た。

「どうなんだ？」

ジンはロゼを見ながら言う。

「このことは俺の上司の何人かは知っている。でもだからといってなにもない。なんの効力もないからな」

ジンは自分のことを話す。そうやって相手が話しやすいように持っていっているのだろう。だからなんなのだ。男と女では違うだろう。

「俺がこの講習に参加したときに感じたのは、精霊の拒否反応だった。なぜ拒否しているのかわからなかったが、君が来てわかった。精霊は君の承諾を待っている」

「俺の承諾？」

「君が発案者だ。それの承諾だろう」

「教えていいとレオンにも言ったぞ？」

「無料でか？」

「「え？」」

三人がジンの顔を見る。

「発案者の特許金がいるな、それをロゼに払えばいいのではないか？」

「そ、そう……精霊が言っているのか？」

レオンだ。

「俺はそう感じた。なんとなくだけど」

「ロゼに特許金を払おう。一回に金貨一枚でどうだ」

月一に金貨一枚。

「ああ、それでいい」

金貨もらったぞ。みんなに伝えてくれー!!　念話で伝える。

『わかったーー』

精霊たちの声がする。ふぅと息を吐く。

ジンはロゼを見ている。

「やっぱり意思疎通ができるんだな？」

「いや、できないよ」

「隠さなくてもいい」

じっとロゼの目を見る。

「いや、隠してない」

「でもさっきブツブツ言っていたよね？」

「は？　知らん、なんで習得できないのか考えていたんだが」

「そうか、俺の気のせいかな」

ジンはまだロゼを見ている。

「精霊がさっき、喜んでいたんだよ。金貨、金貨って。たぶん、もう負の感じがないから、すぐにみんな習得すると思うよ」

金貨に心当たりある？　と聞かれたので、金貨は好きだが、と隠さず言った。

「はははははは！　そりゃそうだ。みんな好きだよな。どうやらロゼは精霊に無自覚に好かれているようだな。発案者のロゼに金貨が一枚も支払われていないことに精霊たちはご立腹だったようだ！」

――は？

「確かに、ロゼは精霊に好かれているな。前もちょっとロゼがらみで騒ぎがあってな、関わった奴らはみんな、精霊なしになったたな」

レオンが納得したように言う。

「は？　なんだそれ、すごいな」

ジンはちょっと引いている。

「ザリもこの間、騒いでいたぞ。精霊なしになったって」

「どれも自業自得だろう」

「ロゼを怒らせたら精霊なしになるのか。こえぇな」

ジンは笑いながら言っている。ジンというこの騎士は、長身でオレンジ色の長髪に、瞳は紫色だ。精霊も三体と契約しているようだ。土の精霊、時の精霊、水の精霊のようだ。本人が気がついているのかは知らないが、契約をしていない精霊も二十体ほど付いている。

「あんた、貴族か？」

レオンが聞く。瞳が紫で珍しいからだろう。

「いや、ただの成り上がり、一般人だよ。瞳の色か？　昔の昔は王族だったのかもな」

カカカッと笑う。ああ、いい男だな、とロゼは思う。

——今、何歳だろう？

結婚しているだろうな。不倫は趣味じゃない。

「あんた、いくつだ」

——おっ、ナイスだ、レオン。

「二十三だ」

——若いな。

「若いな、結婚は？」

——ファインプレーだ、レオン。

「いや、まだだ」

——まだか！　彼女はいるよな……

「婚約者はいるのか」

——おお、いいぞ。レオン。

「いや、今んとこいない……」

——いない！　意外だな。

「いないのか、意外だな」

——？　ん？

「なぜ、そんな身辺調査みたいなことを聞く？」

——まったくだ、レオン。

「ん？　いや、気になっただけだが。すまん。そうだな、変だな」

「いや、いいんだが。じゃあ俺は練習場の様子を見てこよう」

「ああ、頼む」

ジンは精霊を引き連れて練習場へ向かった。

——なんか変だな、私が聞いてほしいこと、全部聞いたな。しかも私が思っていることをレオンも言っていた……

ロゼはそっと精霊たちを見る。精霊たちはロゼを見ていた。

――なんかしたの？

『ロゼが知りたそうだったからレオンの精霊に頼んで言ってもらった』

白の精霊が言う。

――え？　言ってもらった？　そんなこともできるの？

『できる、しようと思えば』

――そう……なんでもありね。ありがとう。とても参考になったわ。でも今度からしなくていいからね。

『わかった、必要なときは言ってね』

白の精霊はうれしそうに飛び回る。

――精霊ってそんなこともできるの？　すごいね……

「ロゼ、さっきあの騎士が言っていたことはどうなの？」

キキはずっとロゼを見ていた。

「ん？　さっき？」

「だから精霊と意思疎通ができるかどうかよ！　そんなことができるなら大変なことよ」

キキはこの世の終わりみたいな顔をしている。

「は？　だからできないよ」

「本当に？」

「しつこい」

キキはずっとロゼを見ていた。時々どこかを見上げたり不可解な仕草をする。そんなロゼを見ていると不安になる。

――確かに、ロゼはなにもしていないし、あの騎士が言っていただけだけど……もし精霊と意思疎通ができて、精霊がロゼの言うことをなんでも聞いて、王家を乗っ取るとか考えたらとんでもないことになる。ロゼを隔離しないと……隔離なんてできる？　精霊が付いているのよ？　ロゼに逆らえば、私が精霊なしになる……あれ？　どうにもならない。ロゼを……ん？　なんにもできないわ。ほっとくしかないのね。

キキはようやく、どうしようもないことに気がついたらしい。

ロゼはキキの心配事とは違うことを思っていた。

――あと二年かぁ。成人して王都に行ってまだ結婚していなかったらジンに求婚してみようかな。女から求婚してもいいだろう。ジンがどこに住んでいるか聞いとくか。ジンはいい奴だろうな。私は男を見る目がないようだが、精霊は違う。あんなにたくさんの精霊付だもの、きっといい物件に違いない。あれっ？　でも私もたくさんの精霊付だけど、いい物件ではないかもしれない。精霊が言うには魔力がおいしいとか甘いとかってことだけど、そんなの生まれつきだものね。ジンも生まれつきか、悪いことを考えていないだけだ。じゃあ普通か……金貨が好きだと言ったら笑われたな。みんな好きだろうに。なんか冷めてきた。

ジンがギルマス室に戻ってきた。

「今いる全員が習得したぞ。いとも簡単に。俺もすんなり理解できた。一応習得はできていたが、完璧ではなかった。不思議だな。しかしなんか納得したよ、王都にいる騎士の練習生の中にピストル弾を扱える者がいて、教えてもらおうとしたが全然理解できなかった。理由はこれか」

ジンはロゼを見る。

――見てんじゃねーよ。

「やっぱり君は不思議だな。王都へ来ないか。色々と話がしたい」

――求婚は却下。やめだ。

「もういいのか、じゃあ俺は帰る。キキ、明日はキキの工房に行ったらいいのか？」

「え？　ええ、私の工房に……」

ロゼはジンを素通りする。

「俺を無視するのか？」

ジンはニヤリとしてロゼの腕を取ろうとする。

「触るなよ。俺を怒らしたら精霊なしになるぞ」

ロゼはニヤリとする。

「い、いや、まあそうだな、王都に遊びに来たら案内するぞ」

ジンは両手を上げている。

「そのときは、よろしく頼む」

ロゼはにっこりと笑い、さっさとずらかる。長居は無用だ。

――ジンから精霊を離せるわけがない。ものすごく好かれているのだ。でもそんなこと、ジンは知る由もないし、いい脅し文句になっただろう。俺を王都に引っ張っていって、どうしようというのだ。貴族の見世物にして出世でもしたいのか。お断りだ。さっきのジンの話は、キシたちのことだろうな。無事に合格して元気でいるようだ。ちょっと話をしたいが、今は精霊のことを探られそうで面倒だな。

そんなことを考えながら冒険者ギルドを出て、アパートに帰る。

――確かにいい男だったが、とりたててなにがいいってわけではない。私は面食いじゃないし、一目惚れなんてしない。まっ、やさしくしてくれた人にはもれなく好感を持ち、そしてザリには騙《だま》された。でも、いきなり求婚ってなんであんなこと思ったのか……

『あの男、白ちゃんいたよね』

水の精霊が言う。

――白ちゃん……がいたらなに？

『白ちゃんいたら好きになる』

緑の精霊が言う。

――どういうこと？　白ちゃんいたら好きになる？

『白ちゃんのお願い、みんな聞くよねー』

時の精霊が言う。

――みんな白ちゃんが好き？　みんなお願いを聞く……さっきもレオンの精霊にお願いして……白ちゃんて、もしかしてけっこうヤバイの？

『ヤバイよ、ヤバイよ～』

いやいや。

――もしかして、魅了的なことができるとか？　まあ、さっきのレオンのことだって私が魅了させて言わせたと言われればそうなるな。じゃあジンの場合も……ジンの魅了にかかって結婚したいとか思ったのかな？　なんでそんなこと思ったのか？　魅了されると好きになるの？　すぐ冷めたけど。

『あの男の白ちゃんは小さい子だったもの。うちの白ちゃんに敵うわけないよぉ』

――なるほど、光の大きさで優越があるのね。となると、あの男はわざと私の目をじっと見たな。なんか近いなって思ったんだよ。自分の魅了で好意を持たせて洗いざらい言わせようとしていたってわけだ。いかん、今更ムカついてきた！　どうしてくれよう、この怒り！　むむ。やっぱり、初対面でいい顔してくる奴はロクな奴がいない。気をつけよう。はぁ、これでようやく、中級ポーションの講習が受けられる。あっ、結界魔石も掘り起こしに行かないと。忙しいな。また春になったら埋めに行かないとな。

次の日、キキの工房を訪れた。キキの弟子は思ったより少なく、才能がまあまあないと弟子入りを認めないようだった。ロゼは才能を認めてもらえているようだ。

「当たり前じゃない。ピストル弾を発案したってだけで才能ありありよ！」

――自分で考えたわけではないが、ま、いっか。

ロゼは優秀なのになぜ低級の習得が遅かったのか。それは、赤・青・黄のポーションを同時進行で習得しようとしたからである。水の精霊と契約しているとされるロゼは、青のポーションを作れさえすればいいのである。それなのに、赤も黄もと欲張って習得しようとして遅くなっていたのだ。青と黄のポーションの配合はできているのに赤がまだ不完全なので、低級ポーションはまだ習得していないと思っていた。中級もそのノリだろう。

もちろん水の精霊以外とも契約していることは秘密にしているから、赤と黄のポーションは正式な習得はできない。

残りの冬はキキのところで講習を受けたり、レイジュ様のところの温泉に浸かりに行ったり、エトたちとご飯に行ったりして平和に過ごした。

ピストル弾の講習もあれから、皆すんなり習得できるようになり、月に一回、ロゼの銀行口座に金貨が振り込まれた。これから王都や他の街でも講習が開かれるたびにロゼに金貨が支払われることになる。もう働かなくてもいいご身分なのだ。

ジンは暇なのか、あれから「鍛《きた》えてやる」とアパートの七階まで押しかけてきた。毎度水魔法で一階まで放り投げている。

「あーははははは！　おまえはムチャクチャだな!!」

地面に激突して足が変な方向に曲がっているのに、豪快に笑っている。

「俺はすぐにケガは治るんだ、昔からな。ははは！」

――でしょうね、だから落としている。もう来るな。

第八章　秘密の話

「どうだ、進んでいるか？」

ある場所で、紫がかった銀髪に紫の瞳をした童顔の男が、傅《かしず》いている男たちに聞いている。

男の名はジョニルバール・ディ・ロイス。この国の公爵の弟だ。

「ジョニルバール様、おそれながら素材にいささか問題がございます」

傅《かしず》いている一人の男が言葉を選びながら言う。

「ああ、わかっている。素材が悪いのであろう」

「はい」

「仕方がないのだ。手に入らない」

「以前の素材は新鮮で魔素濃度も高く美しかったのですが……その魔獣を狩っていた者はどうされたのでしょう？」

傅《かしず》いている男は真っ白な髪を後ろで束ね、濃い青の瞳を持つ。男は王宮専属の魔術師だ。魔石の説明をしている様子は見るからに高揚しており、なにやら気味が悪い。

「ああ、この春から復活するだろう。それまで今の素材でなんとかしてほしい」

「それはもちろんでございます。ですが、ジュリエッタ様専用のポーションとなると、濃度の高い新鮮な素材でないと効き目がありません。王宮の錬金術師たちが言うには、その素材で製作されたポーションだとまったく効きが違うそうなのです」

「そうらしいな……」


そんなことを言われても困る。俺だって交渉はした。それが十倍の金貨を取られて、なんとかまた春からの取引を続行させることを承諾させたのだ。

その金貨は俺の私物だ。兄上と交渉して分割で返してもらえるようにはしたが、ずいぶんと白い目で見られた。何枚もの書類を提出させられた。大体、兄上の妻の病気に効く素材をなんで弟の俺が集めにゃならんのだ!!

そしてその手柄は兄上だ。これだから次男はいやなんだ。俺ももう三十だ。もう跡取りとしての婿の話はないだろう。話は何度もあったのだ。それを兄上が公爵の権限で潰していった。自分に都合のいい手足をなくさないために。

俺が妻を娶《めと》る話もあったが、結局兄上が気に入らないと潰した。おまえにはこの兄上が極上の女を見つけてやる、とか言われてこの歳だ。見つける気などないのだ。便利な弟を手放す気などないのだろう。

――俺も逃げようか……

そのとき、すっと男が現れた。

「ジョニルバール様、ジョニラトール公爵がお呼びです」

「兄上が……すぐに行く」

俺に伝言を持ってきたのは、紫がかった銀髪、紫の瞳の男、ジョニバデェルス・ディ・ロイス。兄上の長男だ。見た目は兄上とそっくりだ。今は兄上の公務を手伝っている。

八歳上の兄には、すでに二十歳になる跡取り息子がいる。それどころか次男は十八歳、長女十六歳、三男九歳、四男七歳だ。

――自分は十八歳から子供をボロボロ作って俺は未だに未婚だ！　なんだこの差は！　あのクソ兄貴、この呼び出しも素材の追加依頼だろう。

「叔父上、急ぎましょう。父上の機嫌が損なわれます」

「ああ、わかっている」

叔父上と俺を呼んでいるのは、兄上の次男、ジョニバディルイ・ディ・ロイス。

この国の貴族は、次男まで名前がやたらと長い。

――ジョニジョニ、うるさいのだ。

この男は、チビで童顔の俺や兄上、兄上の長男とはまったく似ず、長身でイケメンだ。瞳は同じ紫なのにまったく違う。義姉上の血筋だろう。

次男は今、俺の下にいる。お目付役だろう。金貨百枚はさすがにきいたか。

公爵が待っている応接室に転移する。

「兄上、お呼びですか」

「……ああ、バールか」

結局長いので、ジョニルバールのことをバールと呼ぶ。

「兄上が呼んだのでは？」

「そうだ、実はジュリエッタの体調が思わしくない、自分は死ぬと……」

「しかし、春になりませんと新鮮な素材は手に入りません」

「そうではない、十年前のことを覚えているだろう？」

「十年前？」

ジョニルバールの兄、ジョニラトール・ディ・ロイス公爵。

紫がかった銀髪、紫の瞳だ。特徴はジョニルバールとよく似ている。性格は正反対だが。ジュリエッタとは、ジョニラトールの妻だ。

十五年前、ジュリエッタは失踪した。五年間見つからず、十年前のある日突然、この応接室に戻ってきた。当時、城には転移防止の対策など取っておらず無防備だった。

迷惑な女である。その五年間、ジョニルバールはずっと捜していた。十五から二十歳までの十代の青春はあの女の行方を捜すことに明け暮れた。結局、自分で戻ってきた。ジョニルバールは役立たずとどれだけなじられたか。

「失踪の件ですか？」

「そうだ、失踪していたときにある男と暮らしていたのだそうだ」

「それは聞いています。結局、どこの誰とは話してくれませんでした」

「……そのときに子がいたのだそうだよ……」

「その男との間にですか？」

「そうだ！　なぜ、その可能性を考えなかった！　紫の血筋だぞ！　今すぐに見つけ出せ」

ジョニラトールは急に感情的になり、声を張り上げた。

――考えてはいたさ。面倒だから聞かなかっただけだ。そもそも自分は、帰ってきたことに浮かれてそんな可能性を考えてもいなかったくせに。

偉そうな兄上だが、義姉上に心底惚れている。戻ってきてくれたことがうれしくて、どこにいたのかも聞き出せていないのだ。裏切った女などなにがいいのだ。

「捜すにもどこに潜んでいたかも聞いてはおりません」

「白状したよ。よっぽど気に留めていたのだろう。しかも、今まで黙っていたのは、子がいると知られたら離縁されると思ったから言えなかったのだそうだ。今、病に倒れ、気が弱くなっている。その子を救いたいのだと許しを乞うてきた」

兄上はなぜかうれしそうだ。

頼られてうれしいのか、離縁されたくないと思ってくれていることがうれしいのか、バカらしい。

また俺は人捜しをするのか。

「今度は抜かるなよ」

ジョニラトールがジョニルバールを見下す。

――ムカツク。俺よりチビのくせに……

「場所はどこです？」

「ユロランだ」

――くっ……目と鼻の先とはこのことだ。

ジュリエッタの故郷は隣国だ。実家の面々は家出をしたことを知っているのかわからず、下手なことも言えないため、秘密裏に探り、初恋の君まで突き止めたがその者はすでに婚姻しており匿《かくま》っている感じでもなかった。

ジュリエッタの交友関係はそんなに広くない。逃げるなら北か南か。端から端まで捜し、島の方まで捜索し、もう死んでいるのではないかというくらい見つからなかった。

――それが、王都から南にふたつ行った街のユロラン!?　まったくあの女、やってくれる!!

そして、また俺は甘かった。男と住んでいた場所まで聞き出せたのなら簡単だ、子供は今でもそこに住んでいるだろうと思っていたのだ。

次男のジョニバディルイとユロランに向かう。一気に転移はできないので、所々に転移場所を設けている。数回転移すればユロランに着く。

転移後は、住んでいた街を馬車で移動する。ずいぶんと貧しい街だ。所謂《いわゆる》下町だ。

――義姉上はこんなところに五年も住んでいたのか……あんなお姫様がよくこんな臭いがするような下町で我慢ができたものだ。

「ディルイ、この辺だ。花屋はあるか？」

「叔父上、このあたりのはずですが……聞いてきます」

――ディルイは長男のデェルスよりできる男だ。こんな使い走りをさせておくなんて、兄上はなにを考えているのか……。次期当主はディルイが向いている。それは誰もがわかっていることなのに。ま、俺には関係ない。俺も早く兄上から逃げよう。ジュリエッタのように。俺は、ジュリエッタのように戻りはしないがな。

ディルイは八百屋《やおや》の主人に話を聞いているようだ。

「花屋の子供？　ミルのことだろう。やっぱりミルの母親はいいとこのお嬢様だったわけか」

はははっと笑っている。まさか、公爵家の若奥様だったとは思うまい。

八百屋《やおや》の主人は、ジュリエッタが現れたときのことを話してくれた。

女は急に花屋のジョセフの妻になっていた。名はリタ。それまで婚約とか結婚するとかの話はなにもなかった。

急にいた、しばらくすると子供が産まれていた、もう前のことで覚えていない、でも何年かしてリタが病で死んだ、と聞いた。だが、教会で葬式はしていないことは覚えている。たぶん逃げられたのだろう、という。

子供はどうしたと聞くと、ああ、とバツの悪そうな顔をした。

「ひどい生活を強いられていてね、ミルは逃げたんだ」という。

――またか……母が母なら子も逃げるのか。

今どこにいるのかはわからない、父親もその後突然消えた、と。父親のことはどうでもいい。

――子供はどこに行った！　もういい加減にしてくれ!!

「リタも逃げるなら、ミルも一緒に連れていけばよかったのにと思うよ。本当にひどい生活だったから」

ミルの生年月日、特徴、どこに逃げたのか。とにかく情報がほしい。

そのリタが反省して子供を捜していると告げると、八百屋《やおや》の主人は快く教えてくれた。

リタはやっぱり生きていたんだなと、笑った。

ミルの生年月日は、詳しくは忘れたが十三年前の秋だという。近所のルーイも同じ年の夏だったから覚えている、と。髪は銀髪で瞳は紫、色は濃かったと。出ていったのはたぶん、十歳くらいのころ。スラリと背の高い子だよと。

――さすが、ジュリエッタの子だな。背が高いのか。

「ああ、リタも背が高かったが、ジョセフも背が高かった。ミルはジョセフ似かな、ははは」

ジョセフは高身長と。

仲の良かったというルーイにも話を聞きたいと言って家を教えてもらう。

「花屋のお向かいだよ。雑貨屋だ。でもルーイは婿に行ったのではなかったかな」

お礼に大銀貨を渡すと喜んだ。

「おお、ありがたい。本当はミルのことでお金をもらいたくないが生活が苦しくてね。助かるよ」

人のよさそうな主人だった。そのミルのことをひどく心配していた。父親の仕打ちや扱いを何度も注意したと、あの子はしっかりした子だったからどこかで生きている、保護してほしいと言った。言われなくてもそうするつもりだ。

そのために、動いているのだ。あのクソ夫婦の前に突き出してやる。いや、ミルに責任はないな、八つ当たりはやめよう。

雑貨屋に行くと、主人は隠居していた。店は息子に任せて、夫婦で近くの農園を手伝っているのだとか。その農園に行く。近くといっても街から外れていて馬車で鐘半分ほどかかる。

冬でも農家はすることがあるのかと不思議だったが、なにやら人が住めそうな大きなテントの中で火を焚《た》き、空気を暖かくして野菜を育てていた。

「テントの中は暖かいな、このようにすれば冬でも野菜が育つのか」

感心していると、「どなたかね?」と言ってブラウンの髪に少し白髪がまじった男が話しかけてきた。

「ああ、すまない。人を捜している。花屋のミルという女の子だ。なにか知っているかい?」

「ああ、あの子か……」

話してくれた内容は、八百屋《やおや》の主人とほとんど同じだった。あの子の父親は、それはひどかった、と。父親の話はどうでもいいのだが、ミルの話はその父親の話をしてからじゃないと始まらないようだった。

「もう何年も前だよ、いなくなったのは。ルーイが王都に行った年の秋頃だったかな、もうすぐ寒くなるというのに行方がわからなくなった。たぶんだが王都に向かったのではないかと思う。ルーイのことを想っていたのだと思うよ」

「あなたの息子？　そのミルの相手にとは思わなかった？」

十歳ともなると親が子の将来を決める。自分の店を継がせるのか、婿にやるのか。

「最初はその花屋の婿にやろうと思っていたんだ。ミルは一人っ子だったし、二人は仲も良かった。ジョセフに婿にどうだと言ったんだが、ミルにはもう相手がいると言われた。だが、今考えればウソだったのだろう。結局、ルーイを親戚がいる王都に預けた。婚約者とともに。そしてすぐにミルは消えた。ショックだったのかもしれん。もっと親身になっていたらと思うよ」

「今でもそのルーイは王都に？」

「ああ、もしかしたら今は一緒にいるのかもしれない。私が選んだ相手とは婚約を解消したと手紙が来ていたから。王都で再会したのかも」

ルーイの父親はうれしそうに言う。

「居場所を聞いても？」

「ああ、あのリタって女が捜しているのだっけ？　もし王都で二人が一緒にいるのなら、そっとしておいてほしいがな。一度はミルを捨てたのだ。今更母親ヅラをするなと言いたい」

「同感だ」

ユロランの街に戻る馬車の中で話をまとめたが、ミルが置かれていたのは本当にひどい環境だったようだ。八歳になっても学校に通わせてもらえなかったし、なんの祭りにも参加させていなかった、いつも男の子の恰好をして花屋の仕事までさせられていたという。

本当になぜジュリエッタは一緒に連れてこなかったのだ。少なくとも紫の瞳なら受け入れてもらえただろう。

街に戻り、教会に行く。神父に話をして調べてもらうと、教会にミルという女の子の登録はないという。

——そんな馬鹿な！　五歳になったら登録するだろう。いや待て、なんの祭りにも参加していなかったと言っていたな。自身の五歳の生誕祭にも参加させてもらえなかったのか？　なら登録はできない。そんなことをする親がいるのか……

ルーイの父親もそんなことを言っていた。娘にスズカを持たせないなんてあり得ないとか。ルーイは、ミルがスズカを首にかけていないことを不思議がっていたと。

ルーイはミルのことをよく見ていたんだな。好きだったのだろう。二人が王都で暮らしていると願いたい。

下町でさらに話を聞くと、ミルのことを覚えている人たちが幾人かいた。洗濯場の主婦や肉屋にパン屋、買い物もすべてミルがしていたようだ。

もっと早く迎えにきてやってほしかったと怒られた。知らんがな。

しっかりした子だった、きっとどこかでうまくやっている、と聞く人すべてが言ってくる。パン屋の女将《おかみ》は自身のモスグリーンのワンピースをやったら大きな瞳に涙を浮かべて喜んでいたという。いつか子供でも連れて遊びに来てほしいねぇと言った。

なんとしても見つけ出したい。あのクソ夫婦のためでなく、みんなに好かれているミルのために。ミルはスズカの再発行の仕方や隣街の行き方など色々と周囲に話を聞いていたようだ。だから行方がわからなくなったと聞いたときは、ああ旅立ったのだ、と思ったという。

——やはり王都に向かったようだ。隣街はイージュレンだな。イージュレンといえば、あの生意気な小僧がいたな。あいつは……濃い青の瞳だったな。ま、男だからそもそも関係ないのだが。一旦、王都に戻ろう。あとはジュリエッタに話を聞こうか。

「ジュリエッタに話？　なんの話を聞く。早く娘を連れてこい」

——偉そうに。金を返してもらえたら俺は逃げる、それまでの辛抱だ。

「話をしたい。でないとこちらも情報は出せない」

——いつも顎《あご》で使いやがって。もううんざりだ。これは公爵家の仕事じゃない。ただの私利私欲だ。

「なんだと？」

「父上、いいではないですか。母上の子供のことです。あのときの状況は俺も聞きたい」

長男のデェルスが言う。

「むっ、しかし体調が……」

「母は仮病だと思いますよ」

「「は？」」

ジョニルバールとジョニラトールは驚愕《きょうがく》する。

「気がついてなかったんですか？　叔父上はともかく父上も？　母上はそういう女ではないですか」

次男のディルイが冷たく言い放つ。

この子たちも一度は母に捨てられたのだ。許しているはずがない。


「ジュリエッタ、急にすまないな」

夫であるトールがジュリエッタを抱擁する。四人はジュリエッタの部屋に通されるが、侍女もお付きのメイドも予定にない訪問にピリついている。

――こっちも予定のなかった仕事を任されて困惑中だ。

ジュリエッタは王家の血筋、隣国の姫君だった人物だ。金色の髪に一筋の紫の髪がまじり、濃い紫の瞳をしている。凛《りん》として美しい。長身でトールと並ぶとほぼ同じか、ジュリエッタの方が高いくらいだろう。

「だんな様、今日は体調が優れません。ですので……」

早く帰れと言わんばかりだ。

「義姉上、あなたが自分には子供がもう一人いるとおっしゃったのですよ。会いたくはないのですか？」

「もちろん、会いたいと思っています」

目を伏せる。これにみんな騙《だま》される。

「ならば、ご自身で捜せばよろしいのでは？　居場所はご存じでしょう？」

――俺は騙《だま》されない。

「わ、わたくしには……」

「一人でこの城を出て一人で戻ってこられた。そんな義姉上なら子供一人くらい連れてこられるでしょう」

「そ……」

下を向いて口を閉ざす。周りの侍女たちがもうこの辺で……と言葉を挟んできた。

この女はいつもこれだ。弱いフリをして周りに自分の味方を配置する。

「また、だんまりですか？　侍女たちは下がりなさい」

え？　とか、でも、などと言っている。

――俺も馬鹿にされたものだ。

「下がれといったのが聞こえなかったか」

侍女たちは、さっと動いて部屋から出ていく。やればできるのだ。

「お、おい。バール、おまえ、さっきからなにを……」

「兄さんは黙っていてもらおう。これは俺が指揮している。そうですね。兄さん？」

兄さんとは、幼少期の呼び方だ。バールは力が入ると、幼少呼びになる。

「義姉上、もうだんまりは通用しません。あなたには本当にひどい目にあわされてきました。あなたが家出をしていた五年間、私はあなたの捜索にかかりっきり、そして帰ってきたら体調不良で素材集めに奔走《ほんそう》、今度は子供？　いいかげんにしてもらえませんか？　私はあなた方夫婦の奴隷ですか？」

「おい！　バール!!」

兄のトールがバールの胸ぐらを掴む。

「なんです？　事実でしょう。自分の妻の問題くらい自分で処理してくれよ」

「おまえ……」

バールは突風を出してトールを振り払う。

「義姉上が話せないのでしたら、もうこの件は終わりです。自分で迎えに行けばいい。こんな身内の下らない件、私は降りる」

「おまえ、公爵の私の妻になんてことを言うのだ！」

ぶっ飛んでしりもちをついているトールに威厳はない。

「私も降ります」

「私も」

長男と次男が揃って言う。

ジュリエッタは、自分の周りに味方がいないことをようやく理解したようだ。

「ジョニルバール様、大変申し訳ございませんでした。私は私のことしか見えていませんでした。私がいなかった五年間、あなたが捜していたなんて知りませんでした。素材の件も子供の件も、だんな様が動いてくださっているとばかり」

ジュリエッタは立ち上がり、深々と頭を下げた。

「兄上が自身で捜すわけがないでしょ。外に漏れても困る。プライドだけは高い兄上ですからね。身内の恥は身内で始末する。私が犠牲になりましたよ」

「恥ですか……」

「恥でしょう。妻が家出なんて。しかも不倫、大スキャンダルですけど。しかも子供まで！ あなたは子供を見つけてどうするつもりですか？ 誰の子だと言うつもりですか？ あとのことをどう考えておられますか？」

バールは畳みかける。ジュリエッタは、夫、長男、次男に助けを求めるように視線を向けるが、誰もなにも言わない。

誰も助けてはくれない。

「私はどうすれば……」

「家出のときから話してもらいますよ。私の十五年を返していただく」

バールがそう言うと、ジュリエッタはしばらく黙り、やがて口を開いた。

十五年、そんなに長く私は無知だったのですね。

私は十五歳でこの国に嫁いでまいりました。当時、まだ十七歳の若いだんな様は小柄で子供のように見えました。私の理想は大人の背の高い男性だったのです。私自身が背が高かったので見上げる仕草に憧れていたのです。若かったのです。無知な子供でした。

しかし、結婚してだんな様に愛されて幸せでした。そんなとき、私の妹が国一番という騎士と恋に落ち、駆け落ち寸前までいったのだと国の母から手紙が来ました。大変だと言いながらも、大恋愛をした妹とその騎士の話を恋物語のように手紙に綴《つづ》ってきました。身分違いの恋だ、うらやましいと手紙を寄こすのです。

私は、二人目の男の子を出産したあとで、少し情緒不安定になっていました。母はいつも私が自慢だと言ってくれていて、妹には姉を見習いなさいと言っていた人でした。数年前まで妹の嫁ぎ先がない、妹はわがままばかりと愚痴を寄こしていたのに、身分違いの騎士と結婚をした途端、そんな妹をなんだか英雄のように祭り上げて、私は普通のつまらない子、おまえも大恋愛をするべきだった、自分の意見はないのかと、そんなことを手紙で言うようになったのです。

私だって背の高いハンサムな人と心奪われるような恋がしたかった。でも一国の王女だからと諦めていたのに、でもそれが幸せなのだと言い聞かせていたのに。

そんなある日、妹が遊びに来ました。だんな様を連れて。

「ああ、来ていたな……」

トールは苦虫を噛み潰したような顔をする。

ひさしぶりに妹に会えてうれしかった。でも妹のだんな様を紹介されたとき、母の気持ちがわかった。国一番の騎士ではなく、国一番顔がいい騎士だった。騎士としては実力のない男ではあったが、とにかく素敵だった。うらやましいと思ってしまった。

そんな気持ちは子供といることで、薄れていくものだと思っていました。

あるとき、城のガーデンで花の展覧会がおこなわれました。それぞれが育て上げた自慢の花たちの品評会がおこなわれ、私は花が好きだということもあり、審査員をしていました。

技術者たちは大体、土や緑の精霊と契約している者がほとんどだった。その中で一人だけ、精霊なしがいた。緑の髪に緑の瞳、背が高くたくましく素敵に見えた。

彼はにっこり笑ってわたくしに言いました。

「自分は精霊なしだから普通の花しか育てられない。それでも手に取っていただきありがとうございます」

普通の花というのが心に残った。

彼にもう一度会いたいと思うようになった。母から普通のつまらない女と言われ、自分は普通の女なのだ、公爵を継ぐだんな様には釣り合わないと勝手な解釈をしてしまいました。

でも家出をするつもりではなく、彼にもう一度会って話がしたいだけ。品評会のときの彼の資料をこっそり探り、平民の服を買い、抜け出してユロランまで冒険をした。すぐ帰るつもりだった。

転移して彼の花屋に行ったとき、彼も「あなたのことが忘れられなかった」と言った。私はその日に彼の妻になった。

トールが目を閉じる。妻の不倫話など何年前のものでも聞きたくなかった。

私は恋をしたと思った。母の言う恋愛を、私にだってできるのだと……もうだんな様と子供たちのことなど頭になかった。彼との生活は楽しかった。彼は当時三十歳くらいだったが、精霊なしであることから結婚できずにいた。彼とのことが毎日あり、刺激的だった。そして妊娠した。女の子が生まれ、ミルと名づけた。

ミルが生まれてからも幸せだった。

しかし、ミルが生まれて一年ほど経ったとき、異変が起きた。彼――ジョセフが仕事をしなくなった。体調が悪いといってベッドに入る。店番くらいはと昼間は私が働いた。でも次第に買い付けなども行かされるようになった。買い付けなどはやっぱり素人には無理で、失敗続きだった。彼は私に暴力を振るうようになった。限界だった。ミルが三歳になるころ、私は彼から逃げた。

城に戻っても当然許されるとは思っていなかった。離縁されるものと思っていた。でもだんな様は忘れようと言って下さった。

城を出てから五年もの月日が経っていた。

第九章　ロゼとやさしい仲間たち

春が近づいたある日、ロゼは温泉にいた。レイジュ様とお酒を飲んでいる。ロゼは未成年だが、この国には特に飲酒についての法がない。前世ではちょっとワインを嗜《たしな》む程度だったが、今のロゼはどうだろうと思い飲んでみた。けっこういける口だ。

レイジュ様のところに行く際には、よく街でお菓子や酒を買っていった。この世界のお菓子など気にも留めていなかったが、けっこうおいしい。アイスやケーキなどがすでにある。ロゼ以外に転生者がいたのか、ただ懸命においしいお菓子を作りたいという職人がいたのかは定かではないが、もっと早く気がついていればよかった。

レイジュ様も『お菓子がこんなにおいしいとはな！』と二千年ぶりのお菓子にご満悦である。

『ずいぶんと浸かっておるのう、身体はつらいのか？』

今、ロゼは生理中だ。生理でない日も来ているが、やはり生理中に入る温泉は格別なのだ。

「いや、でもこの温泉に入ると痛みが軽くなる。明日も講習がある。毎月二、三日休むとさすがに女と疑われるだろうな。温泉でゆっくりしていたいけど……」

『おぬしは魔力が多すぎるんじゃな。それで月のモノのときにつらくなるのではないか？』

「そうなの？　でも、どうしようもないね」

これからずっと毎月この苦しみに耐えなくてはならないのか。うんざりするロゼだが、仕方がない、それが女の身体なのだ。今現在、女として楽しめていないのにこの苦痛。ため息しか出ない。

『ん～迷っておる。ん～』

レイジュ様がなにやら悩んでいる。しばらくすると顔を上げてロゼを見る。

『この古木に触ってみよ』

温泉の真ん中に生えているように見える神木に触れと言う。

ロゼは言われるまま、神木に近づく。神木は深い場所にある。ロゼは溺れないよう、温泉の水を浮き輪のようにして身体を浮かせた。これは気持ちがいい。また今度こうやって遊ぼう。

近くに寄るとますます大きな神木。神々しいが、レイジュ様が触っていいと言っていたのだ、触っていいのだろう。

神木にしばらく触れていると、ほわっと神木が温かくなった。自分の身体も熱くなる。そして神木に熱が奪われていく感覚がした。フッと身体が軽くなったと思ったときには、先ほどの熱はもうない。自分の身体の重さもまったくない。

神木を見ると、先ほどまで萎《しな》びて白くなっていた古木の幹にほんの少しだけ色が付き、張りが戻った。

『あ～そのすまん、おぬしの魔力を少しもらった』

レイジュ様は申し訳なさそうに言う。しかし、ロゼは経験したことのない軽快さを感じた。

「いえ、これは軽い。身体が軽いです、レイジュ様」

これくらいの魔力でちょうどいい。今まで生理中じゃなくても身体が重いときがあったのだ。それが今はまったくない。なんだ、早く教えてくれればよかったのに、と口にする。

『古木が生き返ってしまうではないか、わしは早く切られたいのじゃ』

「生き返ってもいいじゃん。生き返ったら切らなくてもいいんじゃない？」

『古木は古木じゃ！　生き返った木を切るのはしんどいぞ』

「そっかぁ、じゃあ頑張るね」

ロゼは軽快に返事をする。


翌日、講習に行くとキキに呼びとめられ、近くの公園に誘導された。

「あんた、女でしょ！」

――バレた～。まぁ、月一で休んでいたらわかるわな。はは。

「なんで？」

別に隠してはいない。でも男に見られているのは知っている。そう見せていた。なのでどうしてバレたのか、一応聞いてみる。

「なんでって、月一で体調不良とか、あれしかないじゃん。よく見たら線は細いし、お尻は丸いし、触れば柔らかいし、女と思って見たら、もう女だよ！」

「表現が変態だが、まぁそうだな。でももう対策はしたから、月一で休むことはなくなるぞ」

ロゼはニパッと笑う。キキは素直に認めたロゼにびっくりした顔をしつつ、周りを見る。

「そういう問題じゃない。もう少し気をつけなさいよ。隠しているなら徹底しないと」

「別に隠してない。男だと思われたからそのままにしているだけだ。ま、そう見えるように努力はしたが。でも成人するまでは男の方が都合がいいから、このままで頼むよ」

ロゼはサラリとぶっこむ。

「は？　は？　成人するまでって……？　あんたいくつよ」

「十三だ」

キキは「は？　は？　意味わかんない。あんた成人もしてなかったの……」と口をパクパクさせている。

「背が高いし、落ち着いて見えるようで、みんな成人していると勝手に勘違いをしていたな。あっ、それは意図的じゃないよ。でも面倒だからそのままにしている。当時は成人に見られる方が都合がよかったし」

キキは大きく深呼吸をした。

「はあ、色々と理由があるのね。で、それを言う気はないのね。レオンも知らないの？　レオンには言ってもいいと思うけど」

「ああ、歳や性別は言ってもいい。でも過去から逃げているから理由は言いたくない」

ちょっとドラマチックに言ってみる。色々とやらかしている、それがバレると面倒だ。

学卒の偽造とか、出身地の偽装とか……

「そう……一応レオンと相談するわ」

――よしよし。なんだか同情しているな。

「現状維持で頼む」

はあ、と大きなため息をつくキキだった。

＊＊＊

「あ～やはりかぁ」

レオンは知っていたようだ。

「知っていたの？」

キキは、ギルマス室に来ている。

「いや、ザリがあいつは十二歳だ！　みんなを偽《いつわ》っている！　とか言っていたからな。そんなわけあるかって返したが。でも性別は聞いてない」

「あ～ザリね。いたわね、そんな奴……で、本人は現状維持がご希望よ」

二人で大きなため息をつく。

「あ～本人がそれでいいならいい。スズカに性別の欄はないからな。そういうことだ。生年月日はあるが、今は勝手に見られないようになっている。だからそれもいい。確かに本人に歳も性別も聞いてないしな。もうそれでいい」

もうどうでもいいと言いたい気分だ。

「しかし、女で未成年って、よくバレなかったな。ハハ」

レオンが他人事のように言っている。

「あんたギルマスでしょ！　そんなんでいいの？」

キキが叫ぶ。

「いや、そうか。そういえば、ギルドのアパート、あいつは何年も七階を占領し続けていたな。そういう理由だったのか」

「この際だから七階とか全部、女子専用にしたら？　七階は承認した人しか入れない、とかにして。そしたら行き場のない女の子も安心だし、親としても安心よ」

「そうだな、ロゼみたいな子が今後現れんとも限らないしな。検討しよう。今はロゼが七階を使っているから六階以降にしよう」

「七階全部、ロゼにやっているの？」

キキが驚く。

「やってはいないが、使っているようだ」

「あきれた、お咎《とが》めはないの」

「ロゼには色々世話になっている。恩を売っとくさ」

大人の対応だ。

「まぁ、薬草とかね」

「まぁ、そうだな」

とりあえず、本人のご希望どおりの現状維持だ。

今後は六階を女子寮にすることにして部屋を空けておくことにした。あと何日かすれば駅馬車も動き出す。そうなればセドたちも王都に移動する。調整は効くだろうと考えたのだ。

＊＊＊

駅馬車が動き出し、セドたちは王都に向かった。ピストル弾の講習に来ていた王都の手練れたちも王都に戻っていった。ジンは王都に戻るギリギリまでロゼのアパートを訪れていた。

「本当に一緒に王都に行かないのか？　悪いようにはしない。ロゼは王都で出世とかしたくないのか？　おまえなら一流の騎士になれるぞ」

「俺は俺の好きなように生きる。誰の指図も受けない」

きっぱり言うと、ジンは寂しそうな顔をして王都に帰った。

七階は相変わらずロゼが一人で住んでいたが、六階に初めて女の子が入ってきた。ロゼの性別はあえて言ってはいないが、七階好きの先輩冒険者として紹介をされた。

「よろしくお願いします。アミといいます」

ブラウンの髪に薄い青い瞳をしている、可愛らしい女性だ。アミは農家に嫁に出されたが、その農家の経営がうまくいかず田舎に帰る際に置いていかれたらしいのだ。結婚をしていたがそれを機に離婚している。まだ十八歳だ。親は母親しかおらず、結婚するちょっと前に亡くなったのだという。自分はどうしたらいいのかと教会に相談に行ったところ、女子寮を開設した冒険者ギルドを紹介されたようだった。

夫に対して教会から出頭命令が出ていたが、田舎に逃げて捕まらなかった。そのうち元夫から離縁金が支払われるはずなので、それまではギルドのアパートで過ごすようだ。

そして、五階には、エト、ミタ、ウキが入居してきた。

キキに依頼していた結界魔石を埋め直し、四人で薬草園に行った。薬草はまた葉をつけ、生い茂っていた。冬の間、特になにもしていなかったので生えていなければエトたちが困ることになりそうだと思ったが、杞憂に終わった。


ロゼは、キキの工房で弟子として指導を受けながら、闇の日に魔獣狩りを再開した。闇の日を選んだのは、工房を休んで狩りをすると余計な詮索をされそうだからだ。成人するまでは静かにしていたい。周りから見れば大暴れしているようにしか見えないのだが、本人は至って目立たぬようにしているつもりらしい。

成人まであと一年半。


久しぶりにローブの男が現れた。

「久しぶりだな。買うかい？」

「ああ、頼む。今年もいい素材をお願いするよ」

ローブの男は素材を査定中だが、浮かない顔をしている。あまり関わりたくないが、暇つぶしに聞いてみた。

「なにかあったのか？　あんたは顔に出やすいと言われないかい？」

「むっ。ああ、言われたことはあるな。しかし大きなお世話だ！」

歳はいっていそうなのに子供のようだ。

「お貴族様も大変だな」

くくっと笑いをこぼしてしまうロゼ。

「フン、こんな生活ももう少しで終わりだ。来年は買い付けをしないかもしれないぞ。他で買ってくれるところを探すんだな」

ローブの男はにやりと笑う。

「そうなのか？　あの百枚がきいたか？」

「うるさいぞ！　あれはずいぶん白い目で見られた！　俺は根に持つぞ！」

――宣言されてもな……

「まぁいい、そうだな。おまえは顔が広そうだから聞いとくか」

「なんだ？」

「今、人捜しをしている。銀髪で紫の瞳の女の子だ。歳は十三歳」

「……」

「名前はミルという」

「……」

「知らないか？」

「ん～俺は女には疎《うと》い。わからないな。名前も聞いたことがない」

「そうか、そうだよな……」

はぁとため息をつく。

「その女の子がなんなのだ？」

「秘密だぞ。いいか、誰にも言うなよ、聞いて驚け。公爵家のお嬢様だ！」

――ぺらぺら話していいのか……？

「……なんで驚く？」

「驚くだろう。普通は！」

「知らん。公爵家のお嬢様が行方不明なのか？　それにしても名前が貧相だな」

「名前はな。まあ庶民だからな、生まれは」

「は？」

「庶民生まれの公爵家のお嬢様だ」

「意味がわからん。あ～、公爵様の隠し子か。お家騒動だな。それに巻き込まれたのか」

ぷっと笑って見せるロゼ。

「まあそうだよ。秘密だぞ。言うなよ。でもちょっと違う。公爵様の隠し子ではなく、その奥様の隠し子だ」

「ほお……庶民の男と駆け落ちでもしてできた子供か……そのあと連れ戻されたとか？」

「そんな感じだ。参ったよ。どこをどう捜していいものか」

「ん？　……駆け落ちした男の家に行けばいいだろう？　奥様を連れ戻したのなら、居場所はわかっているんだろう？　というか……なんで今頃？　もうその子は十三歳なんだろう？　十三年もほっといてなにしていたんだ？　跡継ぎがいないとかか？」

「おまえ、よくそんなに色んな話が思いつくな」

「貴族のお家騒動なんてそんなのばっかじゃないか、近所のおばさんはよくそんな話をしていたぞ」

「くっ。十三年ほっといたのは子供がいたのを知らなかったからだ。今捜しているのは紫の血筋だからだ」

「紫の血筋？」

「紫の血は貴重なんだ」

「どう貴重なんだ？」

「紫の血は転移ができるんだぞ！　戦いで転移ができるのは勝敗に……」

「今の世の中、戦いなんてないじゃないか」

——魔獣との戦いくらいだな。

「そうだが、いつかまた戦いがあるかもしれない」

「馬鹿らしいな。まっ、頑張れよ」

ロゼはあくびをする。

「本当に馬鹿らしいな。男の家には行ったがいなかった。男も娘も。娘は父親から逃げ、父親は娘を追って街から消えたらしい」

「手詰まりだな」

「ああ。まぁ王都にいるかもしれないと聞いていたんだが、いなかったな」

じゃあまた来週、と言って金貨を払い、ローブの男は消えた。

——ビビったあ！　いきなり、自分のことを言われると心臓に悪いな！　自分を捜している人がいる。お母さんは貴族だったのか。しかも公爵家の？　まさに小説のようだな。駆け落ちして、私を産んで……三年で貴族に連れ戻された。そして死んだ？　時系列がわからんな。なんで娘がいることを知ったんだ？　あ、連れ戻されただけで死んでないのか！　あのオヤジが死んだと言っていたが、そうか、生きているのか！　そうか！　会いたいな。どんな人だろう。貴族に連れ戻されて、どこぞのじいさんの後妻として結婚させられて、そのじいさんが死んで、実は娘がいると告白した。そんな感じか！　よくわからんじいさんと結婚する前に若い男と恋愛がしたかったんだな。選んだのがあのオヤジか。母娘揃って男を見る目がないなぁ……私は母似だな。ま、ジョセフは外面がよかったから仕方ないな。成人したら名乗り出てもいいかもな。でも今はまだだめだ。しかし、オヤジがユロランから消えているのか。捜しているのかな？　迷惑だな。会ったとしても水魔法でぶっ飛ばしてやる!!　もう昔の私ではないぞ！

色々間違った妄想をするロゼであった。

母親が自分を捜している。それだけでうれしいと思う。前世では母は早くに死んでいる。そのせいか、ロゼは母が生きているなんて考えたこともなかった。どんなひどい母親でもいいから会いたいと思った。

春が過ぎ新緑が芽吹く頃、ロゼは中級ポーションの配合を大体クリアしていた。キキの手伝いをしながら、たまにエトたちと森に行ったりして過ごした。

ロゼは母親が生きていると知って、ちょっとワクワクしていた。今までは、父親から逃げて、成人したら王都に行ってと、とりあえず順番に物事を片付けていくような感じだった。でも今は母親に会うという目標ができた。なにをどうするかはわからないが、会って話がしたいと思っている。政治目的のために捜しているのかもしれないが、それでもいい。母親に会えればそれでいいのだ。

しかし、成人前に会うことはできない。未成年のままだと取り込まれるかもしれない。それはいやだ。自由でいたい。

――公爵家に会いに行くことは避けなければ、公爵家には転移防止とか色々な魔法があるかもしれない。逃げられなくなるなにかがあるかも……。会うなら、街のアイス屋とか……貴族は来ないか。私が指定する宿とかに来てもらう？　――など今から会う方法を考えるロゼであった。

＊＊＊

「いい季節になりましたね。木々が生き生きとしていて、とても美しいです」

王都の公爵家のガーデンには、たくさんの白薔薇が植えられている。今はまさに満開の季節だ。そのガーデンには、緑の屋根と真っ白な柱の、細やかな細工が施されているガゼボがある。そのガゼボの中央に、優雅に座っている公爵の妻ジュリエッタ。

――まるで王妃のような佇《たたず》まいだな。

金色の髪をアップにし、紫のメッシュのようになっている部分をうまく垂れさせ、濃い紫の瞳を潤ませている。何人もの侍女を従わせて大きな白い羽を扇《あお》がせていた。

――優雅なこった。

「義姉上、ティータイムにご招待いただき、ありがとうございます」

ジュリエッタは優雅にお茶を嗜《たしな》む。

「ミル嬢の件ですか？　まだ行方は掴めていません」

ジョニルバール・ディ・ロイスは毅然とした態度を崩さずにいた。余計な仕事を増やしてくれた義姉には迷惑している。

「そうでしょうね。あなたは私の行方も見つけられなかった」

「むっ……そうです。私が無能だと？」

「いえ、そうではありません。夫には言っていない、というか、誰にも言っていないことがあります」

ジュリエッタが侍女をすべて下がらせる。

「……なにを、ですか？」

またなにか厄介事を隠しているのかと、ジョニルバールは構える。ジュリエッタはくすりと笑う。

「私には闇の精霊が付いていています。そのことは誰にも言ってはいません」

「闇の精霊？」

――なんの話をしている。闇の精霊とは……あまり解明されていない精霊のひとつだが、あまりいい精霊ではないと聞いたことがある。……いや、それはおとぎ話の中のことだ。本当はなにも知らない。

「義姉上、お恥ずかしいかぎりですが、私は闇の精霊についてなにもわかりません。なにをおっしゃりたいのかも」

ジュリエッタは、にこりと笑う。

「闇はあまりいい印象はないものね。闇の精霊は隠匿《いんとく》の力を持ちます。自分の印象を薄くしたり、強い魔力を隠したりしてくれます。だからあなた方は私を見つけることができなかったのです。たぶん、娘も……」

ジョニルバールはカップをソーサーに戻すと、ジュリエッタを見た。

「闇の精霊にそのようなことが……？」

「ええ」

ジョニルバールはため息をつく。ならば娘も見つからないだろう。というか、探索にそんなに力を入れていないし、兄からも急かされてはいない。文句があるなら自分で捜せと言ってある。

「そうですか。なぜそのことを私に？」

「難航しているようでしたので……」

「難航はしていません。でも力も入れていません。正直私にはどうでもいいことです。私の仕事のついでや、空いた時間、暇なときに、部下に捜索させています。あなたの家出のときは私も若く、手を抜くことを知りませんでしたが、今ははっきりと手を抜いています。そもそも私の仕事ではないのですよ。早く会いたいのであれば、ご自分でどうぞ、それが私の言い分です」

ジュリエッタは驚いた顔をして俯《うつむ》く仕草をする。そして顔を上げ、困った表情で瞳を濡らした。

「義姉上、私にそれは通用しませんよ、吐き気がします。逆効果ですよ。頼みたければ、真摯《しんし》に願ったらどうですか？」

ジョニルバールはすっと立ち上がり、その場を去ろうとする。

「ジョニルバール様、お待ちください。申し訳ありませんでした。お願いします。ミルをどうか見つけてください。この十年間、私は逃げていました。娘のことを話すと夫から離縁されるのではないかと思い、言い出せなかったのです。でも他の子供たちの成長を見て、あの子は幸せでいるのか、ちゃんとご飯は食べているのかと考えるようになりました」

ジョニルバールは眉を寄せる。

「なぜ、置いてきたのです？　三歳なら一緒に転移もできたでしょう。あなたの力なら」

「そ、それは……私は、私は、自分のことで精一杯で、連れてくることなど考えていなかった。逃げることで……」

ジュリエッタの目が泳ぐ。ジョニルバールは寄せた眉間をもむ。

「あなたはすぐに子供のことを忘れるのですね」

ジュリエッタは目を見開く。

「自分で迎えに行こうともせず、我々に真実を告げるでもない。あなたの娘は十歳のときに父親から逃げています。やっとの思いで逃げ出したのでしょう。十歳の子供が！　あなたが耐えられなかったのなら子供も耐えられないと思わなかったのですか！　なぜ、なぜもっと早く言わなかったのです？　あなたは無責任なのです！　隠匿《いんとく》が得意な闇使いならもう見つけることは困難です！　そして、十三歳でしたら、あなたと一緒で男に囲われているでしょう。それを取り戻すことも困難です。もううんざりです。ご自分のことはご自分で対処されては？」

ジュリエッタは項垂《うなだ》れ、地面に座り込む。

「捜索をやめれば兄上がうるさいので捜索しているフリはしますが、積極的には捜しません」

「どうか……どうか……」

ジュリエッタが頭を地につける。

「期待はしないでいただきたい」

ジョニルバールは冷たく言い放ち、去っていく。ジュリエッタは、そのまま泣き崩れた。

＊＊＊

「なにをイライラしている」

ロゼの隣の部屋で、ローブの男が魔獣素材の査定中である。

「いや、すまん……」

「例の女の子が見つからないのか？」

好奇心で聞いてみる。

「ああ、見つからないが、そういうことではない。見つける気も今はない」

ローブの男はベッドの脇に座り、ため息をつく。

「見つけてほしいと願う母親に腹が立つ！　なんで今頃言ってきたのだ！」

「どういうことだ？」

ロゼは自分の母のことが聞けることがうれしい。

「十年だぞ！　子供が三人もいて、恋をしたかったからと庶民の男に惚れて、暴力を振るわれたからと今度はその子供も置いて帰ってきたのだ。そして、今になってその子供を捜せと。ふざけているのか！」

――子供が三人？　思っていたのと違う展開だ。

「子供が三人いたのか？」

「そうだ。それを捨てて庶民の男に走ったのだ。ひどいだろう？」

「ひどいな……」

――元々結婚していて、ジョセフのもとへ走ったのか。変わっているな。そして私を置いて逃げた……連れてってくれればよかったのに。

「どうして子供を置いて逃げたんだ？」

「知らん。自分勝手だからだろう」

ローブの男は立ち上がる。

「はあ、言いたいこと言えてすっきりした。悪いな」

「いや、俺はおもしろいが……」

成人後に「私でした〜」って言ったら怒るだろうな……

「おもしろがるな！　こっちは大変なんだ！」

ローブの男は金貨を置くと、素材を回収して消えた。


キキの仕事は、ほぼロゼが担当するようになった。今度はザリ印ではなくキキ印になった。ザリと違うのは、やはりキキの仕上げの素晴らしさだろう。ロゼの丁寧な素材の処理もあり、なんとも効果抜群の中級ポーションが出来上がった。なので割高だ。それでも売れる。近辺都市に毎日配送され、製造が間に合わないほど売れた。もちろん、ロゼにも給金が上乗せされる。

こんな割のいい仕事はない。丁寧に仕事をしているだけで高い給金が手に入る。日本で仕事をしているときはどんなに丁寧な仕事をしても誰も褒めてくれないし、給金も上がらなかった。

たまに仕上げをロゼがしたが、それは他の弟子たちと同様、普通のポーションができるだけだった。なにが違うかわからない。

そんなこんなで夏は過ぎていった。たまにエトたちと森に入って魔獣を狩ったり、キャンプをしたり、歳相応なことをして楽しんでいた。

秋になりロゼは十四歳になった。十四歳になると顔に土や煤《すす》を付けて腰に布を巻いていても、女とバレた。エトたちには、夏頃から気になっていたと言われた。暑かったので水浴びをして遊んだのがまずかったか。服は着ていたが。

冒険者たちにもバレていたようだが、誰もなにも指摘してこなかった。大人だ。レオンからも、もう小汚くする必要はないぞと言われた。顔に煤《すす》や土を付けない状態で歩くのは逆に恥ずかしかった。スッピンで歩くのと同じことだと言ったが、それは違うと全否定された。

髪も煤《すす》や油を取り、サラシも付けずに歩くようになると、さすがにびっくりされた。

「なんだよ。もうバレているんだろう？　なんでびっくりしている？」

別にドレスを着てギルドに来ているわけではない。キキが着ていたような、ゆったりとした白いブラウスと裾の広いガウチョパンツを穿《は》いている。もちろんキキに頼んで下着も購入済みだ。ガウチョパンツは、ユロランでもらったスカートをキキに作り直してもらった。もらったスカートの丈はすでに短くなっていたが、ガウチョパンツにすればちょうどいい丈になった。胸はどうやら、ぺたんこだと思われていたようだ。男だと思われようとしていたのに、成長期の胸をそのままにしているわけないだろう。歳も思ったより若いのかなと思われている。

「あ～ロゼ、俺には娘がいる。来年の春に王都に行くんだが……その、一緒に行けばどうだろうか？　俺が後見人になるぞ。アカデミーも受けられる」

レオンには娘がいるのか、意外だな。結婚していたのか、意外だな。

「そうか、じゃあそうさせてもらおうかな」

にっこりと笑うロゼは、ロゼにとってはいつもどおりだが、女性の恰好をしているせいで、周りの男どもの反応がまったく違った。以前のロゼは、男の子っぽく見えるように煤《すす》で眉を太くし、鼻筋にも煤《すす》を薄く伸ばしてメイクをしていた。今はスッピンだ。煤《すす》で少し眉を整え、まつ毛にも少し煤《すす》を付けた。銀髪でよく見えなかった長いまつ毛がくっきり露《あら》わになった。スッピン風だ。

真っ白なきめ細かな肌には特になにもすることはない。紅を差さずともピンク色のくちびる、まだ短いが肩にかかった青みがかった銀髪はユルフワ系だ。単に天パなだけだけど。濃い青の瞳に見つめられると、男どもはぽ～っとなった。

「なんだ。どうした？」

「あ～ロゼ！　しゃべるな！　おまえ、しゃべんなかったらめちゃ可愛い！」

ムカイだ。

――褒めているのか貶《けな》しているのかわからん。まあ、褒めているんだろう。

レオンが娘を連れてきた。どこかで見たことがあるなと思っていたら、ルキだった。

「あんたロゼ？　女だったの！　騙《だま》したわね!!」

と言われた。最近よく言われる。騙《だま》してはいないだろう。なにも言わなかっただけだ。

はっきり口で言ってくるルキは好感がもてる。

「ルキ、久しぶりだな。レオンの娘だったのか。全然似てないな。よかったな」

どういう意味だ、と聞こえたが、どうでもいい。

第十章　ロゼとバル

「おまえ、女だったのか！」

秋も深まった。今日が今年最後の魔獣素材の受け渡しだろう。ローブの男が声を上げる。

「うるさいぞ、ローブ。下に女の子が住んでいるんだ。静かにしてくれ」

「す、すまん……」

ロゼはローブの男をローブと呼んでいた。

「女だとは思わなかったぞ」

ローブの男は心底びっくりしている。ロゼは煤《すす》なしのガウチョルックだ。

「ああ、男の恰好をしていたからな。でも最近バレたからやめたんだ。男でいるメリットももうないからな」

「そうなのか……」

ローブの男は、数日前まで小汚い小僧だと思っていたのに、平然と女だと言われても心が追いつかないようだ。

「で、相変わらず例の女の子を捜しているのか？」

「ん、いやまあ……捜してはいない。もう関係ない」

「関係ない？」

「ああ、俺は貴族を抜ける。平民として生きることにした。だから買い付けも今日で最後だ。来年はない。引き継ぎもしないつもりだ」

「へぇ、家族は許したのか？」

ちょっとびっくりするロゼ。

「許すわけないだろう。でも関係ない。もうなにもかも面倒だ。引退した両親はわかってくれた。平民になってなにができるか、今は探っている」

「へ～百枚の金貨、返そうか？」

もちろん返す気はないが、ロゼは意地悪くニヤニヤする。

「むっ。その必要はない。兄から返してもらった」

「引き継ぎはしないと言っていたが、私のことは貴族には言っていないのか？」

「詳しくは言ってない。闇取引だしな。腕のいい冒険者、と話している」

「ふ～ん、そうなのか。今日でもう会うことができなくなるわけか……」

「まぁそうなるが、なんだ、俺に会えなくなるのが寂しいとか言うんじゃないだろうな」

ローブの男はニヤリと笑う。

「ふふ、もちろん違うが……どうしようか、じゃあ言ってもいいかな。最後だしな。そうだな。実は俺だ、間違えた。私だ」

――母との繋がりがなくなるのは困る……かな。

ローブの男がじっとロゼを見る。

「なにが私なんだ？」

ローブの男が小さく笑う。私と言い慣れていない感じが可愛かった。

「だから、ミルは私だ。十三歳の女の子を捜していただろう？」

サラリとぶっこむ。

「は……？」

またもや、ローブの男は置き去りだ。

「いや……いやいや、待て待て。ミル嬢は紫の瞳だ。おまえは濃いが青だろう……」

そう言ってロゼを見たら、紫の瞳になっていた。

「……」

「私がミルだよ、今は十四歳だけど」

にこりと笑うロゼ。

あたりは暗くなり始めていた。それでもローブの男の思考は停止したままだ。

ロゼはローブの男を放置して自分の部屋に戻り、ご飯を食べたり、レイジュ様のところにお風呂に入りに行ったりした。トイレに行こうとして、ついでに隣の部屋を覗くと、暗くなった部屋にまだローブの男がいる。なにかブツブツ言っている。さすがに肩を揺らした。

「おい、いつまで呆けているつもりだ。さっさと帰れ」

ローブの男ははっとなる。ようやく自分が軽く気絶をしていたことに気づいたようだ。ロゼを見て、ローブの男は真面目に聞いてきた。

「本当に義姉上の娘なのか？」

ロゼの紫の瞳を確認する。

「義姉上？」

ローブの男は、ジョニルバール・ディ・ロイスと名乗った。よく知らないが公爵の弟なのだとか。公爵って王様の親戚とかだろう。大物じゃないか。

ジョニルバール・ディ・ロイスは義理の姉のことをロゼに話した。

「そうか……」

「会うか？」

「まだ、会わない。成人して自由を手に入れたらな。会ってもいい」

「自由ってなんだ？」

「未成年だとなんだかんだ言われそうだろう？　面倒じゃないか」

「そ、そうだな……」

ジョニルバール・ディ・ロイスは改めてロゼを見る。煤《すす》のないきれいな顔は確かに義姉上に似ている。

「なぜ、俺に言った。今ここで攫《さら》ってしまうかもしれないぞ」

「あ～なるほど、そういうこともあるか」

「自分の力を過信しているのではないか」

「そうかもしれないけど……それがなんなんだ？　攫《さら》ったあと、私は殺されたりするのか？」

「するかもしれないだろう？」

「そんなことをしたら貴族でも精霊なしになるんじゃないのか？」

「……それはそうだが、警戒心がなさすぎないか？」

「面倒な……攫《さら》われたら逆に攫《さら》い返してやるよ」

――レイジュ様のところに強制転移だな。そして、魔素が多い森に放り出してやる。

「そんなことより、貴族をやめて、どうするつもりだ？」

「そんなことって……いや、今は城の近くに屋敷を借りている。しばらくそこで生活する」

「ふ～ん。まあ、頑張れよ。俺が母親に会いたくなったらおまえに連絡すればいいのか？」

「ああ、俺でいい。貴族をやめても連絡は取れるようにしておく」

「そのときは頼むよ。俺も来年は王都で生活するつもりだ。錬金のアカデミーを受けるつもりだから、あっちで会おう」

ロゼはニパッと笑う。

「独身の男女が二人で会うのはまずいんだぞ」

「普通の庶民にはそんなこと関係ないぞ」

「そうか。ちなみに瞳の色を変えていたのは闇の精霊の力なのか？」

「そうだ」

「言いたくなければいいが……水と闇の精霊と契約しているのか？」

「ん……そうだな」

「そうか、いいな。時の精霊とは契約しなかったのか？」

「……ん、している」

「時の精霊ともか？　すごいな」

ロゼはちょっと悩んでローブの男の顔を見る。

「あんたは俺の親戚になるんだよな？」

「叔父だ」

「言ってもいいかな。フフ」

いたずらっ子の顔だ。

「なにをだ？」

「自慢？」

ロゼはぷぷっと笑う。

「俺は八属性全部と契約をしている」

どうだ、すごいだろう、と言わんばかりのドヤ顔だ。

「は？」

「俺は八属性全部と契約をしている、ふふん」

二度言う。

「そんなこと……」

最初は世間体を重視して、中くらいの水の精霊と契約したが、他の精霊から不満が出た。

なので中くらいの水の精霊はかわいそうだが契約を解消させてもらい、一番力のある水の精霊と契約したのだ。その後も時の、闇の、癒《いやし》の、土の、緑の、火の、風の精霊と契約した。すべて一番力の強い精霊とだ。じゃないとケンカになる。

順番にも不満が出たが、癒《いやし》以降はあみだくじで決めてもらった。時の精霊と、闇の精霊はいつもお世話になっているので先に契約をした。

またしても、ジョニルバール・ディ・ロイスは呆けた。

——名前長いな、もう一般人なら短い方がいいな。これからは、バルと呼ぼう。


「バル、起きたのか。紅茶でも飲むか？」

「ああ、もらうよ……悪かったな。昨日は泊めてもらったようだな」

昨日の夜、結局バルは頭を抱えてベッドにうずくまってしまった。

「気にするな、おじさんだろう？」

「おじさんって言うな、……バルとは俺のことか？」

「そうだ、短くていいだろう？」

「俺はバールと呼ばれていたんだが……」

「そうなのか？　でもバルの方がいいよ」

「……まぁバルでもいいが。おまえ、意外と強引だな」

「おまえはすぐに言いなりになるな」

「……年上におまえはないだろう」

「おまえが私をおまえと呼ぶからだ。なんでおまえからおまえ呼ばわりをされなければならん？」

「……なんて呼べばいい？」

「ロゼだ。名乗ってなかったか？」

「ミルという名前はどうした？」

「捨てた。スズカを作った時点で、もうミルという紫の瞳を持った女はこの世にはいない」

バルはロゼが用意した朝食を食べながらじっと見てくる。

「おま、ロゼは魔力が多いからたくさんの精霊と契約できたのか？　でもあんまりたくさんの契約をするとよくないと聞いたことがあるのだが」

「私は平気だ」

——魔力駄々漏れだからな。

「でも秘密なんだろう？」

「そうだ」

「なぜ、俺には言ったんだ？」

「誰かに自慢したかったんだが、こんなこと誰にも言えないだろう？」

「俺を信用しているってことか？」

「信用？　信用なんてしてない。言葉そのままだ。自慢したかっただけだよ」

にっこりと笑うロゼ。

「笑うな。おまえの笑顔は怖い」

「ひどいな……」

ムッとするロゼだったが、ちょっと家族みたいだなと思う。弟に見える兄ってところか……いや、さすがに私の方が下に見えるかな？　三十歳過ぎなら十五は離れているからな。

「スズカを持っていなかったのか？」

「父親が作らせなかったようだ」

「ひどいな、それで自分で作ったのか？」

「ああ」

「よかったな」

「あの緩い審査はわざとなのか？」

「そうだ」

——やっぱり。

スズカを作るとき、簡単に作れた。おかしいなと思っていた。簡単すぎる。

「再発行は認められているが、五歳のときに教会で魔力記録をしないのはなぜなのか、不思議だった」

「ああ、スズカができた二百年前は漏れがないようにキチキチに管理していたんだそうだ。でもやはり、きっちりしすぎると問題が色々出た。どんなに制度をきっちり作っても、それを使うのは人間だ。それに学がない者も多い。そんな中でその制度から漏れた者をどう救済するのか揉めた。だから教会では魔力登録をしない。罪を犯したわけでもないのに国に管理されているのはなんかいやだろう？　で、スズカの再発行を求めた者だけは魔力を記録することにした」

――指紋とかＤＮＡみたいだな。

「緩くしたのも同じだ。あまり厳しくすると、そこから漏れた者が委縮するだろう。だからさほど事情も聞かず、職員が適当に理由をつけて再発行している。もちろん、あやしいと思う人物には目を光らせているよ」

なるほど、あの商人ギルドの人や教会の人は、ロゼの事情に薄々勘づいていたようだ。商人ギルドの人もやたらと説明してくれていたし、教会の人は一人で勝手にしゃべっていた。きっと色々と教えてくれていたのだろう。

――緩いけど大丈夫か？　と思ったのは大きなお世話だったな。

「バルも教会に行って精霊の契約をしてきたらどうだ？」

「俺は八属性全部と契約なんてできないよ」

「闇の精霊をほしそうにしていただろう」

「いや、姿を隠せたり瞳の色を変えたりはいいなとは思っている。紫の瞳は目立つし、印象に残りやすいからな。でも闇の精霊と契約するのは本当に珍しいんだぞ」

確かに色んな人の精霊を見るが、闇はいない。あの王都の騎士ジンも精霊に好かれていて二十体も連れて歩いていたが、その中にも闇はいなかった。

——でも……バルの近くには五体ほどの契約していない精霊がいるが、そのうちの一体は闇だ。たぶん、「瞳の色よ、変われ」って願ったら、あの黒ちゃんは契約してなくても協力してくれるだろうな。

でもそのことを教えたら、精霊が見えていると言っているようなものだ。キキの様子からすると、それを知られるのはちょっとヤバイかもしれない。バルはおもしろいから全属性の契約のことは言ったが、なにかあったら「全属性？　はあ？　そんなのうそだよ。信じるか普通？」とか言って全力でとぼけるつもりだ。

「闇よおいでくださいって願いながら、教会の精霊石に願うんだよ。そしたら契約できるかもしれないぞ」

ヒントを出しておく。

「なんだそれ？　それに俺はすでに三体と契約している。もう無理だろう」

バルは時、風、火の精霊と契約をしている。一般的には三体の精霊が契約の限界だとされているようだ。

——バルの闇は私の黒ちゃんより小さい。そのくらいなら大丈夫そうだが……

「四体と契約したらどうなる？」

「え？　さあ」

「知らないのか？　それで無理だって言ってんの？」

――呆れる。試せよ。

「……そう、そうだな。教会に行ってみるか」

――乗せられやすいタイプだな、庶民になって大丈夫か？　まあ……私も騙《だま》されたしな、経験か。

「陛下は六体の精霊と契約しているという。魔力が大きいと可能だとか。でもそれは陛下だからだと……」

バルはロゼを見る。ロゼが八体なら俺も四体ぐらいはいけるか……と思っているようだ。

――バルは顔に出やすいな……

その後、バルはやっと帰った。今度会うときは黒ちゃん連れかもしれない。

――はあ、なんだか疲れた。自分から人と関わりを持つのは何年ぶりかな……ああ、来年の春、ルキたちと一緒に王都に行くことにしていたが、二ヶ月もあの馬車に乗らないといけないのか。半日でも苦痛なのにちょっといやだな。

数日後、ルキが繁華街にあるアイス屋さんでアイスをご馳走してくれるというので行ってみた。どうやらアイス屋ではなく、カフェのようだ。店内は明るく小物なども洒落《しゃれ》ている。きれいな恰好をした女性が多い。お持ち帰り用の紅茶やクッキーなども売っている。

――帰りにレイジュ様のお土産を買っていこう。

「は？　一人で行く？　王都に？　今から!?」

ルキに王都に一人で向かうことを報告する。

「ああ、二ヶ月も他人と同じ馬車とか宿屋に泊まるなんてムリだ。先に行ってるよ」

――悪いけど本当にムリ。バルでさえあんなに疲れたのに。

「そんなことさせるわけないでしょ？」

「王都の近くの宿屋で待ってるよ。春が来たら拾ってくれ」

「だから女の一人旅なんてムリよ！」

「平気だよ。男の恰好で行くから」

「未成年でしょ！」

「ずっと気がつかなかったじゃないか」

「っ!!　そんなに私と行くのがいやなの？」

「そうだな」

「はっきり言わないで！」

「ルキもはっきり言うだろう。とにかく決めたから。レオンには今から報告してくるよ」

「いやいや、勝手に決めないで！」

「私の人生だよ。私だけが決められる」

「お父さんも心配するし、後見人を降りるわよ！」

「レオンはそんなことできない」

「なんでよ！」

「ピストル弾を封印する」

「そんなことできるわけないわよ」

「できるよ。私が怒れば精霊なしになる」

——そんなことはしないけどね。

「は？　そんなわけないでしょ」

ルキは一連の騒動を知らないようだ。

「レオンに聞くといい。とにかくもう決めたから、アイスごちそうさま」

アイスはバニラのみで十五ベニーもする。高っ!!

ロゼはレイジュ様のためにクッキーを買い、冒険者ギルドのレオンに挨拶に行く。ルキはその間もずっとなにか言っていた。

「今度はなんだ？　ルキも一緒か」

結局、ルキも一緒にギルドに押しかけてきた。

「お父さん、子供の好きにさせないでよ！」

「はあ？　なんのことだ」

「私が明日、王都に向けて出発することじゃないかな」

「は？　明日？　王都に？　あと一ヶ月もしたら雪が降り始める。駅馬車も動かなくなるぞ」

「駅馬車は車輪が動かなくなるギリギリまで走ると聞いた。仮に止まったら途中のどこかの宿で過ごすよ」

「しかし、未成年の子を一人で宿には……」

「なに言っている。私はずっと一人でやってきたじゃないか。旅も平気だよ。なにかあっても水魔法で吹っ飛ばす。だから平気だ」

「来年の春に、ルキたちと一緒に向かえばいいだろう？」

「ずっと一人でやってきた。急に他人とひとつの空間にはいられない。もう決めたことだ。アカデミーの紹介状を書いてくれ」

「お父さん、書いちゃだめよ！」

「いいのか。精霊なしになるぞ。ついでにピストル弾も封印する。まさか、間引きの陰の功労者にそんなご無体なことしないよな」

にっこりと笑うロゼ。

「き、汚いぞ」

レオンはロゼの笑顔にぞっとする。

「お父さん！　そんなわけのわからない脅しに乗らないで！」

「ルキは黙っていなさい」

レオンが珍しく真面目な声を出した。

「ロゼ、おまえがそんな卑怯なことをするとは思っていない。一人で行くのは諦めろ」

「なんで？　自分のためならこのくらいの卑怯なことはするぞ」

「え？」

レオンが凍り付く。

「別におまえの娘の命を！　とか、この住民たちの命を！　なんて言ってない。明日、一人で王都に行くと報告しているだけだ。なんなら来年、成人してなんの挨拶もせずに出発したってなんら罪ではないだろう。私は自由なはずだ。ピストル弾だって考案してよかっただろう？　間引きのときに一人も死人が出なかった。その一部はピストル弾のおかげだろう？　どうするんだ？　ピストル弾の封印か紹介状、どっちを取る」

ロゼはレオンに詰め寄り、にっこりと笑う。レオンはこの笑顔が一番恐ろしいようだ。

「ふう、紹介状を書くよ」

「お父さん！　子供のわがままに付き合わないで！　ピストル弾の封印なんてできるわけないんだから！」

「お父さん！」

レオンは棚から羊皮紙を取り出し、紹介状を書き始める。

「ルキ……おまえより俺の方がロゼとの付き合いは長いんだよ。一度言い出したら聞くわけがない。それに、ピストル弾の封印もできるだろうな……そもそもすでに剣や魔法にしたって、そこら辺の冒険者よりはるかに勝っている」

「え？　剣も？」

ルキはロゼを見る。華奢《きゃしゃ》な身体に細い腕。女性でも剣の腕が立つ人はいるが、やはりそこは女性、男性に力で押されれば勝てるわけないと思っているようだ。

「俺は、練習場でロゼと大人の冒険者の模擬戦を見たことがある。去年の冬だったか。相手は胸を貸すつもりで挑んだそうだが、はっきり言って五分五分だった。あれで魔法が加われば勝てない。ロゼは心配ない。男以上の腕力だ！　ワハハハ！」

「お父さん！　女の子になんてこと言うの！」

男以上の腕力なんて褒め言葉だろう、と思うロゼだが今は黙っていることにした。

レオンはすまんすまんと言いながら、紹介状を書き進める。

「しかしだ。冬の拠点の宿に着いたら手紙を寄こせよ。約束だ。いいな」

「手紙なんか一ヶ月くらいかかるだろう」

王都まで駅馬車で二ヶ月、早馬でも一ヶ月はかかる。雪が積もっていれば尚更かかるだろう。

「メールで送れ」

——メール？　なんだその懐かしい響きは！

「なんだ、それ？」

「ああ、知らないか」

イージュレンから王都まで二ヶ月ほどかかる。その道のりには、宿屋がぽつぽつと点在し、その近辺は小さな集落になっている。旅の途中にそこの集落で宿を取ったり、休憩を取ったり、昼ご飯を食べたり、旅に足りない物や食べ物を補充したりする。

その各集落に魔術具が設置してあり、それでメールが送れるというのだ。その魔術具にスズカを差し込み、魔石に手を掲げながら念じれば、誰が誰にどこから送っているということと、伝言が一言だけ伝わるらしい。そのメールは各教会にある魔術具に伝わり、内容が紙に複写される。それを登録している人に配達する。それをメール便というらしい。

――メールというよりＦＡＸじゃないか。しかも念じれば？　どんな仕組みだ。魔力か？　よくわからん世界だ。

レオンはすでに登録済みらしい。お布施《ふせ》をすれば、誰でも登録できる。ロゼも登録しなければならない。そして送る方が料金を払うシステムだ。それはスズカから引き落とされる。

「二百ベニーもかかるの？　高っ！　しかも登録にお布施《ふせ》が必要!?」

――合わせて四百ベニー！　あの教会、金取りすぎだろう！

「まあ、高いがな。昔はもっと高かったんだぞ。ここ十年で安くなった方だ」

――二ケ月間、他人と一緒に馬車で揺られることを考えたら安いか……

「はぁ、わかったよ。その方法で連絡する」

ロゼはレオンから紹介状を受け取った。ルキはまだ納得していないようだ。

「ダメよ！　子供にそんなわがまま許すなんて！　ダメなものはダメと教えなきゃ!!」

ルキが紹介状を奪おうとする。もちろん渡したりしない。ロゼはすでにルキより背が高い。

――まあ、子供だから子供扱いされるのは仕方ないか。

ロゼは体勢を変えて、ルキを壁の方へ追いやり左手を壁にかける。所謂《いわゆる》、壁ドン姿勢だ。

そして神妙な面持ちで顔を近づけて、ルキの瞳を見つめる。

「ルキ……心配してくれるのはありがたい。でもルキは私の母親でも姉でもない。私に躾《しつけ》は無用だ」

グッと詰め寄る。ルキは、はっとしたあと、見る見る顔を赤くした。

「わ、悪かったわね……」

怒りながら悲しんでいる。ちょっと涙目だ。ルキはロゼの出生や生い立ちに同情をしている。それは誰が見てもあきらかだった。ルキに悪気はない。しかしそれは拾った猫を可愛がり、トイレの躾《しつけ》をする感じに似ていた。中身がおばさんのロゼにとって十八歳くらいの小娘から同情される覚えも躾《しつけ》をされる覚えもない。ありがた迷惑である。ロゼはルキの肩にそっと手を置く。

「悪い。こんな言い方して。でもルキには私の友達でいてほしい。親ではなく、友達でいてほしいんだ」

ちょっとだけくさいセリフを言ってみる。ちょっと本音も入れる。

ルキは顔を上げ、目を大きく見開いた。

「と、友達でも心配はするわ」

顔がさっきとは違う意味で真っ赤だ。

「友達なら頑張れと送り出してくれると思うよ？」

ロゼはにっこりと笑ってみせた。

「し、し、し、仕方がないわね。み、見送りだけはするから出発する鐘の音を教えなさいよ！」

——え？　見送りなんていらない。転移するだけなのに。

「まだ、駅馬車のチケットも買ってないでしょ！」

――仕方がない。

「わかった。明日の朝二回目の鐘の音の駅馬車で出発する」

――早起きは苦手だ。

「そんなにゆっくり行くの？　朝一の音で行けば、昼には北門に着くのに。朝二の音だと北門で宿を取らないといけないわよ？」

――朝二の音って略し方をするんだな。

途中で駅馬車を降りればいいやと思っていたので適当なことを言ってしまった。

王都に行くには北門まで行かなければならない。北門には駅馬車で半日かかる。そこから王都行きの駅馬車に乗り換える。そして休憩を挟み、昼二の音に出発する。朝二の音の駅馬車で向かっても昼二の音に間に合うか微妙らしい。しかも休憩も取れない。ロゼはそこから転移すればいいのだが。北門は、王都に向かう人用のレストランや宿などで色々と賑わっている。もちろんいい値段はするようだ。しかしせっかくなので観光しながら向かうのも悪くない。まあ街道に入ってしまえばどこも一緒だから途中の集落で転移すればいいだけの話だ。

「観光しながら行きたいからそれでいい」

「観光しながら行くのなら、私と春に行けばいいのに……」

と聞こえてきたが無視をする。

「わかった。明日の朝二の音ね！」

ルキはそう言うと、威勢よくギルマス室をあとにした。ロゼも帰ろうとすると、レオンが言った。

「このスケコマシめ」

レオンにはお見通しのようだ。ロゼはにっこり笑って部屋をあとにした。

もちろん前世であんな恥ずかしいことをしたことはない。ロゼの容姿ありきの戦法だ。

——白ちゃんには頼っていませんよ。

ロゼはその足でキキのところにも報告に行った。次に教会に行って魔術具の登録を済ませ、使い方を教わる。赤い魔術具だった。どっかに〒のマークがあるのではないかと探したがなかった。

アパートに戻るとバルがいた。

「また来たのか。なんだ」

バルの瞳の色は緑になっていた。

「そんな言い方あるか、その……礼を言いに来た。闇の精霊と契約できたよ」

——らしいな。黒ちゃんがバルの周りをうれしそうに飛び回っている。

「よかったな。ああ、そうだ。明日から王都に向かう、もうここも引き払うから」

「そうか、わかった。転移で向かうのか？」

「いや、駅馬車で行く。街道から王都近くまで転移して、そこら辺の集落に落ち着こうと思っている。春になったら知り合いが俺を拾って王都まで一緒に行くことになっている」

「なんか面倒だな……でもその方法は正解だ。勝手に王都に転移すると大変なことになる。普通の街ならいいが、王都は転移で入ってきたことがわかるようになっているからダメだ。ちゃんとスズカの登録をしないと拘束されるぞ」

「へぇ、すごいな。よかったよ、王都に転移して観光に行こうと思っていたんだが、やめておこう」

――スズカは万能だな。

「それより、なんで瞳を緑にしているんだ？」

「いいだろう？」

「全然、悪趣味だ。青にしろ」

「なんで青なんだよ！　紫と青ではあまり変わりがないだろう！」

「髪も青にしたらいいじゃないか」

「髪もできるのか……じゃあ髪も緑にしたらいいだろう」

「おやじを思い出す。やめてくれ」

「え？　そ、そうだったのか……じゃあ、やめよう」

――ジョセフの容貌を知らなかったのか。調査をしていたんじゃなかったのか？

「すまない。そうだったな。思い出したよ。見たことがなかったから……」

――忘れていたのか。

ロゼと同じ青い銀髪に青い瞳にしてもらった。

「兄弟みたいじゃないか！」

バルが言う。

――それが狙いだ。

「なあ、バル、明日一緒に北門まで行かないか？」

ロゼはにっこりと笑う。

「は？」


朝二の音の少し前に駅馬車の停留所に向かう。鐘の音ぴったりには出発しないと思うが、ロゼは五分前行動が身についているのである。停留所に着くと、レオンにキキ、ルキ、ムカイ、エトやミタやウキ、その他にもアパートの面々がいた。

——げっ、なんでこんなにいるんだ。

昨日の夜、アパートの住人には今日旅立つことを告げていた。夜中までお酒を飲んでお別れ会をしたのだが、見送りに来るとは思わなかった。見送りはいいと言ったのに。しかも出発は「朝三の音」と言っておいたのに、バレていた。

「ロゼが自分から音を言ったからな、あやしいと思ったんだよ！　ギルマスに聞いてよかったぜ」

そんなときだけ気が回るウキ……お別れ会の前にレオンに聞きに行ったらしい。

みんなから元気でと言われ、エトには涙ぐまれた。相変わらずエトは可愛い。そんな中、レオンから大きなトランクを渡された。

「なんだ、これ？」

「あ〜、餞別《せんべつ》だ。ルキが使っていたローブとか衣服とか、色々入っている。ルキのお下がりだな」

「ロゼは色々と無頓着すぎよ。私が昔使っていた女の子用のカバンとか服とかアクセサリーとかを入れているから使って。あんたの身なりはボロボロすぎるわ」

今のロゼは相変わらずジョセフのお下がりを着て、ユロランの住民からもらったカバンを使っていた。ローブもこの街で最初に買ったものだ。安物で、くたびれている。

キキからも錬金用のベルトをもらった。ベルトには薬草や素材が数個かけられる仕様になっている。女子用なのか石なども付いていてお洒落《しゃれ》だ。キキのお下がりだろう、少々年季が入っている。

「ロゼ、あんたは急すぎるわ！　春になったら私も王都に行くから、おとなしくしてるのよ！」

——キキも？　なぜ来る？

みんなに見送られるのが照れくさいが、こうやってみんなが来てくれたことがうれしくなって、にっこりと笑う。

「ありがたく、使わせてもらう」

いつもとちょっとだけ違う笑顔に、みんなは動揺する。

「「いつも、そんな風に笑ってろ！」」

ムカイとレオンの言葉が重なる。

——いつも笑っているだろう。失礼な。

駅馬車にトランクを預けようとしたところで、横にいる男の紹介を忘れていたことに気づいた。

「ねぇ、ロゼ。この人は誰？」

ルキだ。

「あ〜、叔父だ」

「「えっ？」」

一同の声が重なった。実は叔父が下町で暮らしていたのだが、叔父も兄弟と折り合いが悪いので一緒に王都に行くことにしたと説明した。下町に住んでいること以外、うそは言っていない。

「それで春に一緒に行くのを拒んだのね」

ルキはちょっとほっとしている。自分が嫌がられたわけではなかったからだろう。

「叔父がいることは言ってなかったから」

秘密主義のロゼは家族構成なども誰にも知られたくないのだと思わせている。

「本当に家族がいたのね」

なんのことかと聞けば、どうやら間引きに行かないのは、幼い弟がいて看病をしなければならないからだとルキが噂を流していたようだ。そう言われてみれば、ちょっと前から街を歩いていると、近所の人たちに「弟は元気か」と声をかけられることがあった。なんのことかわからず、適当に濁していたが。

「おまえか……」

「でも叔父さんには見えないわね。すごく若い」

「母親が違うからな」

設定は昨日考えた。バルの父親が若い女と浮気をして子供ができ、その子供は昔から兄弟たちにいじめられていた。その子供の、さらに子供がロゼ、というわけだ。なかなかややこしい。

複雑な家庭環境なのだろうと思ったらしく、みんなも深くは聞いてこなかった。

――よしよし。バレたら謝ろう。

ロゼとバルは駅馬車に乗り込んだ。みんなから見送られ旅立った。駅馬車が見えなくなるまで、みんなは見送ってくれた。ロゼもずっと手を振っていた。たくさんの見送りにバルは驚いた。

「おまえ、意外と人気あるな」

バルからお褒めいただいた。

これからまた新しい街、新しい生活が待っている。イージュレンに慣れた頃ではあったが、元々王都に行こうと考えていた。それが少し早くなっただけだ。楽しい出来事があることを期待しながらロゼの旅が始まる。

これから先の長い人生にバルが深く関わることになるとは、このときのロゼには知る由もなかった。

新＊感＊覚 ファンタジー！

Regina レジーナブックス

Regina レジーナブックス

悪役なんて
まっぴらごめん!

悪役令嬢はヒロインを虐めている場合ではない 1〜3

四宮《しのみや》あか
イラスト：11ちゃん

地面にぽっかり開いた穴に吸い込まれ、乙女ゲーム世界の悪役令嬢に転生したレーナ。せっかく転生したんだし、この世界を気ままに楽しみたい！　買い物をしたり、魔法の授業を受けたりと異世界をエンジョイしていたのだが……レーナのお気楽ライフを邪魔する敵がぞくぞく現れて!?　いかなる危険もなんのその！　のんびりライフを夢見て、悪役令嬢レーナ、波乱の異世界を突き進む！

詳しくは公式サイトにてご確認ください。
https://www.regina-books.com/

新＊感＊覚 ファンタジー！

レジーナブックス
Regina

レジーナブックス Regina

愛憎サスペンス!?

悪妻なので離縁を
所望したけど、
旦那様が
離してくれません。

屋《や》月《づき》トム伽《か》

イラスト：晴

悪妻と呼ばれる公爵夫人のロレッタは、ある日何者かに毒を盛られた。その衝撃で日本人だった前世を思い出し、夫のアルフレードとの愛のない生活に意味がないと悟る。ならばと離縁を申し出たのに、アルフレードは受け入れてくれない。納得いかなくて「一ヶ月以内に犯人を見つけられなければ離縁する」と宣言すると、アルフレードは溺愛してきて……？　素直になれない公爵夫妻の愛の攻防戦、開幕！

詳しくは公式サイトにてご確認ください。

https://www.regina-books.com/

新＊感＊覚ファンタジー！

レジーナブックス Regina

自分勝手な
人達に天誅を!

政略より愛を選んだ結婚。
～後悔は十年後にやってきた。～

つくも茄子《なす》
イラスト：黒檀帛

完璧と称えられる侯爵令嬢と婚約解消をし、恋した下級貴族の娘と結婚した王太子。彼は、愛の力で全てを乗り越え、幸せな未来が手に入ると信じていた。ところが、妻は王太子妃として求められるものを何一つ身につけず、次々に問題を起こす。そのせいで、王太子夫婦は次第に周囲から冷ややかな目で見られるようになった。一方、別れた侯爵令嬢は優秀な公爵と結婚、ますます輝き——!?

詳しくは公式サイトにてご確認ください。
https://www.regina-books.com/

新＊感＊覚ファンタジー！

レジーナブックス
Regina

レジーナブックス
Regina

マンガ世界の悪辣継母キャラに転生!?

継母の心得 1~4

トール
イラスト：ノズ

病気でこの世を去ることになった山崎美咲。ところが目を覚ますと、生前読んでいたマンガの世界に転生していた。しかも、幼少期の主人公を虐待する悪辣な継母キャラとして……。とにかく虐めないようにしようと決意して対面した継子は——めちゃくちゃ可愛いんですけどー!!　ついつい前世の知識を駆使して子育てに奮闘しているうちに、超絶冷たかった旦那様の態度も変わってきて……

詳しくは公式サイトにてご確認ください。
https://www.regina-books.com/

この作品に対する皆様のご意見・ご感想をお待ちしております。
おハガキ・お手紙は以下の宛先にお送りください。
【宛先】
〒150-6019 東京都渋谷区恵比寿 4-20-3 恵比寿ｶﾞｰﾃﾞﾝﾌﾟﾚｲｽﾀﾜｰ 19F
（株）アルファポリス　書籍感想係

メールフォームでのご意見・ご感想は右のＱＲコードから、
あるいは以下のワードで検索をかけてください。

アルファポリス　書籍の感想　検索

ご感想はこちらから

本書は、Webサイト「アルファポリス」(https://www.alphapolis.co.jp/) に掲載されていたものを、改稿・改題のうえ書籍化したものです。

異《い》世《せ》界《かい》転《てん》生《せい》したら、なんか詰《つ》んでた ～精霊《せいれい》に愛《あい》されて幸《しあわ》せをつかみます！～

桃野もきち（もものもきち）

2024年　6月　5日初版発行

編集－塙綾子
編集長－倉持真理
発行者－梶本雄介
発行所－株式会社アルファポリス
〒150-6019 東京都渋谷区恵比寿4-20-3 恵比寿ｶﾞｰﾃﾞﾝﾌﾟﾚｲｽﾀﾜｰ19F
TEL 03-6277-1601（営業）03-6277-1602（編集）
URL https://www.alphapolis.co.jp/
発売元－株式会社星雲社（共同出版社・流通責任出版社）
〒112-0005 東京都文京区水道1-3-30
TEL 03-3868-3275
装丁・本文イラスト－ヤミーゴ
装丁デザイン－AFTERGLOW
（レーベルフォーマットデザイン—ansyyqdesign）
印刷－中央精版印刷株式会社

価格はカバーに表示されてあります。
落丁乱丁の場合はアルファポリスまでご連絡ください。
送料は小社負担でお取り替えします。
©Mokichi Momono 2024.Printed in Japan
ISBN978-4-434-32840-4 C0093